DOUCES MORTS VIOLENTES

Née à Londres en 1930, Ruth Rendell est d'abord journaliste, puis publie son premier roman, *Reviens-moi,* en 1964. Elle est aujourd'hui un des plus grands auteurs de romans policiers, l'une des trois « impératrices » du crime avec Agatha Christie et P.D. James.

Elle a obtenu un Edgar pour *Ces choses-là ne se font pas,* le Prix du meilleur roman policier anglais avec *Meurtre indexé* en 1975, le National Book Award en 1980 pour *Le Lac des Ténèbres,* et le Prix de la Crime Writers Association pour *L'Enveloppe mauve* en 1976. En France, elle a obtenu le Prix du Roman d'Aventures en 1982 pour *Le Maître de la lande.*

RUTH RENDELL

Douces morts violentes

TRADUIT DE L'ANGLAIS PAR
SOLANGE LECOMTE

BELFOND

Ce livre a été publié sous le titre original
HEARTSTONES
par Hutchinson Ltd, Londres.

À CETTE époque-là, l'idée d'empoisonner quelqu'un ne m'avait encore jamais effleurée. C'est pourquoi je suis pratiquement sûre de n'être pour rien dans la mort de notre mère. Du reste, je me souviens que j'étais bouleversée, moins toutefois que ne l'était Spinny, qui gémissait et sanglotait.

Ce fut notre grand-mère qui nous apprit son décès et nous dûmes alors ressembler à l'une de ces peintures anecdotiques de l'époque victorienne, *Les longues fiançailles*, ou *L'éveil de la conscience*, à ceci près que le tableau que nous formions eût dû s'appeler «Les pauvres orphelines»: Spinny était blottie dans le giron de Grand-Mère, qui me serra contre elle et attira ma tête sur son épaule avant de nous dire à voix basse ce qui venait d'arriver.

Je n'y étais pour rien, mais je n'en fus aucunement surprise. J'avais compris qu'elle allait mourir quand je l'avais entendue par hasard déclarer à Luke qu'elle refusait l'opération, qu'elle préférait la mort à la mutilation. À partir de ce moment-là, elle s'est fait soigner par un «naturopathe» qui la nourrissait exclusivement de crudités. Pour Luke, le terme même de «naturopathe», cet hybride de latin et de grec, en disait assez long à lui seul. Et, moi aussi, je savais que le cancer ne se laisserait pas impressionner par les crudités, qu'il les dédaignerait comme un animal se détourne d'un piège dont l'appât n'est pas alléchant.

Quant à Spinny, qui était persuadée que notre mère se rétablirait et reviendrait à la maison, c'était autant la stupéfaction que le chagrin qui la faisait sangloter. La tête sur l'épaule de Grand-Mère, qui embaumait le Freesia de Yardley dont son chandail et sa veste de tricot étaient imprégnés, je me suis demandé pourquoi Luke n'était pas venu nous l'annoncer en personne. Il se trouvait encore à l'hôpital, d'où il venait de téléphoner à sa mère. Mais j'aurais mieux aimé attendre. Attendre qu'il nous l'annonçât lui-même. Le téléphone s'est alors remis à sonner et Grand-Mère nous a laissées seules quelques minutes.

«Je veux voir Luke, ai-je dit à Spinny. Je veux voir comment il a pris la chose.»

Toujours en pleurs, Spinny a répliqué:

«Ça va lui briser le cœur!»

Les expressions de ce genre, elle les emprunte aux bonnes qui viennent chez nous faire le ménage et la cuisine.

J'ai protesté:

«Mais non! Puisqu'il m'a.»

Pourtant, brusquement attendrie en songeant qu'elle venait de perdre sa mère, je me suis empressée de corriger ce que j'avais dit:

«Puisqu'il nous a.

— Ce n'est pas la même chose qu'une femme», a dit alors Rosemary.

Luke trouve que Rosemary, très portée aux commérages et aux bavardages insipides comme toutes les femmes de sa condition, est une mine de clichés. Et ces mots m'ont donné à voir aussitôt une grotte profonde où des hommes à genoux, armés de pics et de marteaux, fouillaient un gisement et en tiraient des formules telles que «Ça lui a brisé le cœur!» ou «La mort a été pour elle une délivrance!»

«Mais c'est bien mieux qu'une femme, Spinny, ai-je repris. Nous sommes pour moitié la chair de sa chair.»

Le vrai nom de ma sœur est Despina, mais tout le monde l'appelle Spinny. Le mien est Elvira et personne ne me surnomme Elly. Notre mère avait une passion pour les opéras de Mozart et Luke disait souvent que, si elle avait eu un fils, elle l'aurait appelé Figaro. Tous nos prénoms sortent de l'ordinaire. Excepté celui de ma mère: Anne. Peut-être est-ce pour cela que nous n'aimions pas ce nom et que nous l'avons toujours appelée Mère, alors qu'il ne nous est apparemment jamais venu à l'idée — à moi, du moins, car Spinny a pris modèle sur moi, évidemment — d'appeler notre père autrement que Luke.

«Il sera là dans une demi-heure», a dit Grand-Mère.

Nous nous trouvions chez elle, où nous avions passé les deux derniers jours. Il me tardait de rentrer à la maison. Je me disais que la situation eût été bien différente si j'avais pu guetter le retour de Luke par la fenêtre de notre salon. Je serais allée lui ouvrir la porte avec gravité, je l'aurais fait entrer dans son bureau et je me serais assise en silence près de lui. Aux yeux de Grand-Mère, je n'étais encore qu'une enfant, mais en réalité je n'en ai jamais été une. En effet, je suis née vieille et, cela, Luke le sait. Il le sait tout au fond de lui, intimement ; c'est l'un de nos secrets. Dès qu'il a commencé à m'initier à la mythologie grecque, j'ai pensé que j'étais, comme Athéna, sortie tout armée de la tête de mon père. Je me souviens encore de mon trouble en apprenant que je sortais de l'utérus de ma mère, cet endroit sombre et humide que j'imaginais pareil à un puits d'eau tiède, tapissé d'algues, de patelles et d'actinies. La matrice dont j'aurais voulu surgir, si j'avais eu le choix, avait un dôme doré comme celui d'un temple. Il s'agit de la tête de Luke, de la demeure de son esprit.

J'ai refusé de toucher à ce que Grand-Mère nous offrait à goûter. D'habitude, elle croit qu'on va tomber raide mort si l'on ne mange pas quelque chose au moins toutes les deux heures. Mais, ce jour-là, elle m'a comprise ou a cru m'avoir comprise. Elle a saisi ma main sous la nappe et l'a serrée. C'est une femme charmante que ma grand-mère et l'on voit tout de suite que Luke est son fils. Elle est grande, blonde et harmonieuse. On la dirait sculptée dans du marbre. Nous sommes ainsi, Luke, elle et moi, mais Spinny est bien l'enfant de sa mère, dodue, brune, avec des yeux de vache.

Grand-Mère dit que Spinny mange pour se consoler et elle la gave de croissants aux amandes. Pour ma part, la nourriture m'intéresse si peu que j'oublierais de manger si personne n'était là pour me le rappeler. Je trouve que le corps est ennuyeux en comparaison de l'âme et que l'âme est sûrement ce qu'il y a de plus intéressant au monde. C'est pourquoi je n'ai rien mangé à ce goûter. Je me suis contentée de rester là à me demander si Luke allait nous ramener à la maison et j'ai envisagé de l'en prier, bien que les supplications, ce ne soit pas mon genre. J'étais assise à la table d'acajou, recouverte d'une jolie nappe ovale en batiste bordée de jours. Je voyais mon visage se refléter dans la théière d'argent, les mains de Grand-Mère remuer les tasses de fine porcelaine, ses mains autrefois si belles et maintenant déformées par l'arthrite — ah! le corps, le corps maudit! — et le petit visage rond de Spinny, où une larme avait laissé en séchant un léger dépôt de sel en forme de pétale.

12

Luke avait une clé et il est entré sans bruit. Lui et moi, ainsi que Grand-Mère, nous savons nous mouvoir avec aisance et rapidité, à pas feutrés, comme en glissant. Je n'ai rien dit. Je l'ai regardé intensément pour tenter de déceler les signes dont les pourvoyeuses de formules avaient annoncé l'apparition : air épuisé, œil cave, lèvre tremblante. Je n'ai rien vu de tout cela. Rien qui altérât sa prodigieuse beauté, sa peau discrètement hâlée, ses yeux d'un bleu limpide, son expression à la fois ardente, passionnée et presque immatérielle, cette expression même qui est le propre des êtres à l'esprit supérieur. En le contemplant, je me suis sentie devenir tout entière feu et air. Je n'étais plus faite de chair. Je ne voulais de lui que sa présence en face de moi, dans la même pièce, pour la fusion de nos deux âmes.

Après avoir serré sa mère dans ses bras, il a posé les mains sur les épaules de la petite Spinny et il l'a embrassée sur le front. Mais, quand elle s'est remise à sangloter, il a été incapable de la consoler et, après l'avoir abandonnée à Grand-Mère, il a tourné les yeux vers moi. Il ne m'a pas touchée, nous ne nous touchions presque jamais, mais nous étions en pleine communion silencieuse.

« Et maintenant, a-t-il dit, si nous retournions à la maison, Elvira ? »

La maison où nous vivons est au centre de la ville — toute proche de la cathédrale. Luke est professeur à l'Université mais il assure également des fonctions sacerdotales et son père était autrefois le Doyen du chapitre de cette cathédrale. Notre maison est très ancienne — en partie du xve siècle — et son style est d'une grande élégance. Elle n'a aucune de ces poutres apparentes et de ces cloisons à colombage que Luke trouve de si mauvais goût. On prétend aussi qu'elle est hantée. Nous aurions plusieurs fantômes, audibles plus que visibles : une femme qui se promène dans les couloirs et dont les talons font clic-clac sur les lames de nos planchers malgré la moquette qui les recouvre, une voix qu'on entend murmurer son propre nom et un chat qui, *lui*, est visible. Je ne les ai jamais vus ni entendus. Et Luke non plus. Une fois, Mère a prétendu avoir vu le chat, mais je ne sais trop pourquoi elle a cru qu'il s'agissait d'un fantôme. N'est-il pas plus vraisemblable qu'un chat soit un vrai chat ? Comme elle avait l'habitude d'écrire de petits articles pour une revue locale, elle avait envie de faire un papier sur nos fantômes. Mais Luke lui a lu ce passage de Fielding : « Les seuls agents surnaturels qui puissent jamais nous être accessibles, à nous, hommes modernes, ce sont les fantômes, mais je conseillerais aux gens de plume de ne les évoquer qu'avec une modération extrême. Tout comme de l'arsenic et des autres substances vénéneuses de la pharmacopée, il faut en user avec la dernière prudence. Et j'irais même jusqu'à en déconseiller l'emploi dans certains ouvrages ou à certains auteurs qui, les uns ou les autres, pourraient souffrir grand dommage ou mortification d'une bruyante explosion de rire chez le lecteur. »

Luke a toujours le commentaire adéquat, le mot juste.

Après la mort de Mère, Spinny s'est mise à entendre et à voir des fantômes. C'était sans doute pour elle une façon d'attirer l'attention. Je m'imagine qu'ayant senti que Luke et moi nous étions devenus tout l'un pour l'autre, elle se trouvait un peu perdue. J'ai requis son aide pour répondre à la multitude de lettres de condoléances qui nous sont parvenues. Il me semblait que les gens seraient touchés en recevant un petit mot de sa grosse écriture enfantine, avec sa façon naïve d'exprimer son chagrin dans des tournures de phrases qui n'ont encore rien perdu de leur candeur.

« La nuit dernière, j'ai vu le chat, Elvira », m'a-t-elle dit en fermant l'enveloppe destinée à Mme Fitzboyne, l'épouse du Doyen rural.

Nous faisions notre correspondance sur le secrétaire du salon. Dans cette pièce, la longue fenêtre à meneaux donne sur le Passage de la Vierge, qui était alors jonché de fleurs de tilleul.

« Oui, Elvira, j'ai vu le chat arriver dans la chambre. Il est entré par la fenêtre et s'est installé dans ma bibliothèque.

— À l'avenir, tu ferais mieux de fermer ta fenêtre, ai-je répliqué en souriant.

— Quand je ferme ma fenêtre, il passe à travers le panneau de la porte. »

IL m'a bien fallu en parler à Luke. Il était dans son cabinet de travail en train d'écrire un sermon, car c'était à son tour de prononcer le prêche, cette semaine-là. Je crois me rappeler que le sujet de ce sermon était l'iniquité spirituelle dans les hautes sphères de la société. J'adore ce cabinet de travail. De toute la maison, c'est l'endroit que je préfère. Il est plein de la présence de Luke, avec ses livres, ses papiers, un tas de gros volumes, d'encyclopédies, d'ouvrages philosophiques... Mais tout y est rangé dans un ordre méticuleux. Jamais Luke n'aurait l'idée d'adopter l'attitude de certains érudits qui interdisent leur cabinet de travail à leur femme de ménage. En effet, quels dégâts pourrait faire Rosemary ou Sheila dans ce genre d'endroit où les livres sont derrière des vitrines, les papiers empilés avec un soin extrême, les dernières notes consignées sur le premier feuillet du bloc, au travers duquel le stylo est posé minutieusement à angle droit ?

Sur le rebord de sa fenêtre, il y avait une coupe de cuivre contenant des narcisses — blancs comme neige, naturellement — que j'avais disposés là le matin même, avant de m'en aller en classe. Mais Luke avait retiré du bouquet l'une des fleurs pour la mettre sur le chêne bien ciré de sa table, tout près de sa main gauche, de façon à pouvoir, tout en écrivant, effleurer sa corolle soyeuse et froide.

« Ça se passe toujours avant qu'elle s'endorme, ai-je précisé. Je crois que c'est une espèce de rêve éveillé.

— Qu'allons-nous pouvoir faire, Elvira ? m'a-t-il demandé.

— Si tu pouvais rester près d'elle jusqu'à ce qu'elle s'endorme... Moi, je le ferais bien, évidemment, mais ça ne serait pas tout à fait pareil. Mère lui manque. Si tu pouvais rester près d'elle à lui tenir la main, je suis sûre qu'elle s'endormirait paisiblement et qu'au bout d'une semaine ou deux ces prétendus fantômes seraient oubliés. »

Avec un regard d'infinie tendresse et de compréhension profonde, il a accepté ma suggestion, pour le bien de cette pauvre petite Spinny. Savait-il ce qu'il m'en coûtait de lui demander cela et quel sacrifice je consentais pour ma sœur ? Il le savait, c'est évident. Je n'irais pas jusqu'à dire que mon père percevait tout ce qui me passait par l'esprit, mais il saisissait tout ce que je désirais qu'il sût. Dès que j'ouvrais la porte de la chambre secrète qui abritait mes pensées, où elles croissaient et se multipliaient, il était conscient de leur activité, mais il ne l'était que si j'ouvrais cette porte. Cependant, comme il savait que mon plus grand bonheur était d'être absolument seule en sa compagnie, il ne pouvait ignorer que l'intérêt qu'il me portait m'avait permis d'acquérir assez de maturité d'esprit pour consentir à partager ses attentions avec ma petite sœur.

Car c'était quelque chose dont je n'avais pas l'habitude. Jusque-là, Spinny avait été, de façon manifeste, l'enfant chérie de sa maman. À sa naissance, j'avais trois ans et je me souviens qu'on m'avait annoncé la venue d'un petit frère ou d'une petite sœur avec qui je pourrais jouer. C'est bien ainsi que ma mère m'avait présenté l'affaire et, moi, je l'avais crue, comme l'aurait cru sans doute n'importe quel enfant.

Mais, dans les faits, le premier-né d'une famille se retrouve en présence d'un bébé qu'il lui est interdit de toucher. Et, du reste, de quelle façon l'aîné choisirait-il de «jouer» avec cet intrus qui vient lui voler l'amour de ses parents sinon en le battant à mort, en lui écrasant la figure sous ses talons, en jetant dans la rivière cette frêle petite chose qui gigote et en veillant à ce que le courant l'entraîne le plus loin possible... Ce sont là les jeux à pratiquer avec un nouveau-né, qu'il soit frère ou sœur — si l'on en a l'occasion.

Je n'en ai pas eu l'occasion. Luke a toujours été un père attentif.

«Jamais, au grand jamais, déclare sentencieusement Rosemary, on ne trouvera un homme pour se lever en pleine nuit quand son gosse crie. Ça, c'est le rôle de la femme! Et qu'on ne vienne pas me parler d'égalité, ça ne changera jamais ! »

Mais Luke, lui, se levait pour moi. Bien que je n'aie aucun souvenir d'avoir porté des couches, d'avoir mouillé mon lit, il paraît que j'étais un bébé comme les autres et que Luke venait me changer. C'est ma mère elle-même qui me l'a dit et figurez-vous que je me suis mise à l'aimer beaucoup moins à partir du moment où elle m'a affirmé en riant que j'étais comme tous les bébés et que je souillais mes couches. Luke n'y a jamais fait allusion, il m'a dit seulement que c'était lui qui me consolait, me prenait dans ses bras et me donnait à boire quand je pleurais. Cela, je ne l'ai pas oublié et, pourtant, je ne savais pas encore parler à cette époque-là. Quand Spinny est née, ma mère n'a plus songé qu'à elle et, chaque fois que je me réveillais en pleine nuit, chaque fois que j'appelais au secours, c'est Luke qui accourait. Je suis donc devenue son enfant, et Spinny l'enfant de notre mère. Depuis, il en a toujours été ainsi, mais Luke doit maintenant lui trouver une place dans son cœur, à elle aussi.

Il a fait ce que je lui ai demandé et, le soir venu, il est resté près d'elle à lui tenir la main. Une ou deux fois, je me suis approchée furtivement pour les regarder. L'électricité était allumée dans le couloir, mais Luke était assis dans l'ombre. La lueur venue de l'extérieur éclairait ses cheveux blonds, son profil, son dos très droit, l'angle que faisaient son bras et sa main tendue, sa belle main fine aux doigts fuselés qui tenait doucement la main dodue de Spinny. Il ressemblait à une statue de bronze et il m'a rappelé les œuvres du Bernin que nous avions vues à Rome. J'ai constaté que Spinny avait les yeux ouverts, que ses cils frémissaient et qu'elle tournait vaguement la tête vers la photo de Mère, posée près de son lit sur le bonheur-du-jour.

Je suis repartie sans faire de bruit, je suis passée rapidement du couloir éclairé au reste de la maison, plongé dans l'obscurité, et j'ai parcouru les pièces comme il m'arrive souvent de le faire le soir, en écoutant, en observant, en regardant par la fenêtre à l'intérieur de l'enceinte de la cathédrale ou en contemplant les hauts murs de pierre, illuminés pour la période de Pâques. Parfois, je tends l'oreille dans l'espoir de surprendre la voix qui murmure, mais je n'entends jamais rien. Notre maison est toujours silencieuse, d'autant plus silencieuse que personne, chez nous, s'intéresse à la musique. Luke a découragé ma mère de son amour pour Mozart et il s'est senti bien souvent soulagé quand son électrophone n'a plus marché. Il a interdit à Rosemary et à Sheila d'avoir une radio et, quand nous avons besoin des maçons, il est spécifié dans le contrat que les ouvriers n'apporteront pas leurs transistors. Ces vieilles maisons aux murs solides excluent toute espèce de bruit extérieur et nous n'entendons jamais nos voisins.

À un moment, comme je baissais les yeux vers les pavés de la ruelle, des pavés qu'ici nous appelons des « cœurs », car ces galets rapportés il y a des siècles de la plage de Newhaven ont, paraît-il, la taille et la forme d'un cœur humain, j'ai vu l'ombre d'un chat qui les traversait, avant même de voir le chat. Il s'agissait du chat à la fourrure bleutée mêlée de jaune qui appartient à Mme Cyprian, l'épouse d'un de nos chanoines. Était-ce celui que Spinny avait vu entrer par sa fenêtre ?

CE soir-là, je suis restée debout à la fenêtre à méditer sur le ciel et sur l'enfer. Je faisais la supposition suivante, qui en vaut bien une autre : ce qui est le ciel pour certains doit être l'enfer pour d'autres. J'imaginais un ciel pour les souris, un grenier rempli de monceaux iné-puisables de grains très variés, où elles pou-vaient manger dans une paix parfaite tout au long du jour. Mais ce ciel des souris était aussi l'enfer des chats qui, prisonniers de cages étroites accrochées au mur du grenier, sans pâtée et sans eau, sans espoir de s'échapper, étaient condamnés à être éternellement témoins du manège des souris, qui les narguaient avec allégresse. De même, il doit y avoir des gens qui rêvent d'un ciel où ils pourraient manger et boire, rester affalés devant la télévision, écouter sans fin des disques sur des électrophones inusa-bles, se prélasser amoureusement dans les bras de quelqu'un et l'enlacer, bref, d'un ciel qui serait un enfer pour Luke et pour moi, obligés pour les siècles des siècles de les regarder faire et d'entendre leur bruit.

Luke m'a rejointe. Mon esprit tourmenté s'est aussitôt apaisé. Je me suis sentie environnée de sérénité, rassurée.

« Je crois que nous devrions aller quelque part, a-t-il dit. Prendre un peu de vacances.

— Oh oui ! Allons-y.

— Avant la rentrée d'octobre. »

Je me suis fait la réflexion que ce serait la première fois que lui et moi partirions seuls. L'idée me vint d'aller à Florence ou dans une autre ville italienne plus petite, moins touristique. Vérone. Urbino. Nous nous promènerions, Luke et moi, le long de l'Arno (ou de l'Adige), nous regarderions au loin les dômes et les campaniles, nous monterions les escaliers de marbre des musées, nous pénétrerions en silence sous les voûtes des basiliques. Les gens nous prendraient pour frère et sœur, pour une adolescente avec son frère aîné... Cette idée-là me plaisait étrangement.

Mais j'étais très réfléchie pour mon âge, responsable, raisonnable. Je n'étais pas une enfant, je ne croyais pas que je pouvais obtenir tout ce que je désirais pour la seule raison que j'y tenais et, cela, au détriment d'autrui.

« Nous allons devoir emmener Spinny », lui ai-je dit.

Il faisait trop sombre pour que je pusse voir son expression. À cette époque-là, il me dépassait d'une tête et j'étais toujours obligée de lever les yeux vers lui. C'est ce que j'ai fait en me rendant compte qu'il sursautait et retenait une vague exclamation. De désarroi ? D'impatience ? J'ai lu dans ses pensées.

« Je sais, je sais, Luke. Malheureusement, nous n'avons pas le choix.

— Mais, naturellement, nous emmènerons Spinny, a-t-il répliqué. Quand j'ai dit "nous", je parlais de toi, de moi et de Spinny. »

Je lui ai souri dans l'ombre. Qu'importe si la voix, fonction du corps, émanation du corps, ment. L'âme ne peut mentir. Je me suis éloignée silencieusement de la fenêtre et il m'a suivie. Nous nous sommes installés dans son cabinet de travail et nous avons lu pendant une heure ou deux. Puis je suis allée me coucher. Jamais Luke n'avait besoin de me le dire. Ce n'était pas sa manière d'agir avec moi. Il savait trop bien qu'il pouvait compter sur mon bon sens et qu'à neuf heures et demie, invariablement, je le quittais. Je m'étais assise à l'un des coins du canapé de cuir et Luke à l'autre. Je ne me souviens plus très bien de ce que je lisais ce jour-là. Peut-être Sheridan Le Fanu ou Horace Walpole. Ou bien *Le Moine*. Luke lisait l'*Apologia pro vita sua* de Newman, sans doute pour la vingtième fois. C'est un livre dont la lecture le réconforte quand il se sent anxieux ou malheureux, mais c'est surtout une œuvre qu'il affectionne, car il éprouve autant de sympathie que d'admiration pour le cardinal Newman. Et, comme il n'avait pas de raison de se sentir anxieux, ou malheureux au cours de cette soirée, il devait donc le lire par plaisir.

L'ÉTÉ est passé et j'ai eu seize ans. Nous sommes d'abord allés à Vérone et, plus tard, au mois d'août, en France. À notre retour, Luke a fait poser sur la sépulture de Mère, qui se trouve à l'intérieur de l'enceinte de la cathédrale, une pierre tombale de granit où est gravée cette épitaphe : *Anne, épouse bien-aimée de Luke Zoffany, mère d'Elvira et de Despina,* avec les dates de sa naissance et de sa mort, ainsi qu'un texte choisi dans les Apocryphes.

À la rentrée d'automne, Spinny a commencé à suivre des cours dans le même collège que moi. Grand-Mère a tenu à nous accompagner pour l'achat de son uniforme, alors que j'aurais pu m'en tirer parfaitement sans son aide. Acheter des vêtements ne me procure pourtant aucun plaisir. Je trouve cela ennuyeux et je suis incapable de voir l'intérêt qu'il y a à posséder plus que le strict nécessaire, c'est-à-dire une tenue pour tous les jours, une autre pour les grandes occasions et quelques vestes ou manteaux pour se préserver du froid et de l'humidité. De toutes les faiblesses humaines, le goût de la parure est probablement l'une des plus pitoyables et des plus humiliantes.

Ai-je dit qu'il n'y avait pas de miroirs à la maison ? Ce n'est pas tout à fait exact, car il y a une petite glace dans la salle de bains et un miroir à trois faces sur la coiffeuse de ma mère. Je crois que Spinny a aussi une glace-à-main à dos d'argent, que lui a donnée Grand-Mère. Mais c'est tout, et ce n'est pas beaucoup pour une maison de trois étages qui compte six chambres à coucher.

Moi, je ne tiens pas à me regarder chaque jour les yeux dans les yeux, quoiqu'on m'ait dit plus souvent que de raison que j'avais un beau visage. Et si — comme on me l'a répété maintes et maintes fois — ce visage est bien la réplique de celui de Luke, il ne peut qu'être beau, en effet. Quant à mes cheveux, je n'ai pas besoin d'une glace pour les voir, puisqu'ils me descendent au-dessous de la taille et qu'ils ne sont jamais, jamais coupés, sauf quand je les effile un peu avec les ciseaux à broder de Mère. Mais le jour où nous cherchions une jupe et un blazer pour Spinny, je n'ai pu éviter d'apercevoir çà et là mon image dans ces grandes glaces qu'on trouve un peu partout sur les murs des magasins. Je me suis arrêtée un instant devant l'une d'elles — pendant que Grand-Mère et Spinny discutaient avec la vendeuse de longueurs d'ourlets et de qualité de tissus — pour m'examiner d'un œil critique et juger à sa juste valeur cette forme physique dont mon âme a fait sa demeure. J'ai vu que j'avais grandi. Le sommet de ma tête, qui était à la hauteur du cœur de Luke, doit maintenant lui venir aux sourcils. Cela, je m'en étais déjà rendu compte, mais j'ai été surprise de mon extrême maigreur. J'ai presque atteint le degré de minceur qui correspond à mes vœux. Je suis devenue un être frêle comme un roseau, à la limite de la transparence, qui ressemble davantage au produit de quelque mystérieuse alchimie entre la perle, la brume et la soie qu'à une créature faite de chair et de sang. Le sang... Que je hais cette substance et ce substantif! Mon désir est d'arriver à un état limite où aucune goutte de sang n'apparaîtra quand je me piquerai, où rien ne sortira si ce n'est, peut-être, une sorte d'ichor translucide, semblable à la rosée.

«Puisque nous en avons terminé, a déclaré Grand-Mère, allons maintenant prendre le thé dans un endroit agréable. Choisis, Spinny. Où aimerais-tu aller?»

Évidemment, Spinny a choisi d'aller sur la place, à la pâtisserie Carey, où l'on trouve des gâteaux à la crème et du vrai *sacher* viennois. Elle n'avait pas encore treize ans, mais elle pesait déjà plus que moi.

J'ai pris du thé au citron et un gâteau sec.

« J'ai trop mangé au déjeuner », ai-je dit.

Ce mensonge n'était que dans ma voix, dans mon corps seul. Spinny m'a regardée, mais elle n'a pas fait de réflexion.

« À ton âge, ton père était très mince, a déclaré Grand-Mère. Et tu lui ressembles. Mais il avait bon appétit. Ton grand-père prétendait qu'il était capable de dévorer un bœuf et d'aller ensuite à la recherche du bouvier. »

Spinny a éclaté de rire. Je me demande pourquoi les allusions au cannibalisme font rire les gens, mais c'est un fait que l'on constate couramment. Et si l'on veut, à coup sûr, amuser les autres, il suffit de broder sur le thème du pauvre missionnaire mis au pot-au-feu par les sauvages.

À PRÉSENT, je dois faire une révélation person-
nelle, je vais noter quelque chose que personne
ne sait : je n'ai pas encore de cycle menstruel —
je préfère employer ce terme, car tous les autres
me répugnent. Une ou deux fois avant la mort
de Mère, j'ai vu apparaître ce symptôme d'apti-
tude à la reproduction et son cortège d'abominations, le sang, la saleté, l'odeur et la douleur...
Mais je n'ai pas la force de m'étendre là-dessus.
À la disparition de Mère, j'ai su qu'il ne tenait
qu'à moi de contrôler un phénomène qui ne
dépendait que de ma volonté. Et j'ai découvert
que je pouvais faire en sorte d'arrêter définitive-
ment sa venue. Il suffisait pour cela d'aller
jusqu'à l'inanition afin de n'avoir jamais de
sang en trop. Qui le saurait ? Qui poserait la
question ? Ce ne serait pas Luke, en tout cas. Il
est à peine lui-même fait de chair et de sang :
l'esprit l'habite tout entier, il est composé de feu
et d'air, ses longues mains blanches sont
pareilles aux extrémités désincarnées d'un personnage du Greco, sa peau est comme un fin
parchemin et la pâleur de ses lèvres évoque celle
de cette rose blanche qu'il avait retirée d'un de

mes bouquets et que j'ai retrouvée sur son bureau, quelques jours plus tard, morte avant d'éclore.

Ai-je donné jusqu'ici l'impression que nous vivions, Spinny, Luke et moi, confinés dans notre maison, au milieu des «cœurs» du Passage de la Vierge? Que nous ne voyions jamais personne à l'exception de Grand-Mère et de nos deux servantes? Bien entendu, il n'en est rien. Nous avons des relations. Luke a des amis parmi ses collègues de l'Université et parmi les gens d'Église. Du temps de Mère, mes parents donnaient des dîners et des cocktails, ils étaient invités à des soirées, ils allaient au théâtre, soit à Londres, soit à Chichester, ils avaient ce qu'on appelle une vie mondaine.

À la mort de Mère, il y eut une interruption. Je dois avouer que notre tranquillité d'alors, cette solitude relative, me convenait beaucoup mieux: Luke et moi, nous ne nous quittions pas. Je lisais du grec avec lui, j'assistais aux leçons de latin de Spinny, car il jugeait d'une extrême importance que nous pussions acquérir, l'une et l'autre, ces rudiments de culture classique que l'enseignement officiel se garde bien de nous dispenser. Je débattais avec Luke certaines questions de théologie ou de philosophie, j'acceptais docilement ses corrections et même ses remontrances, je soumettais mes dissertations d'anglais à son jugement perspicace, sachant que sa finesse lui permettait plus facilement qu'à aucun de mes professeurs d'en apprécier la valeur. Tout cela avait pour moi plus d'importance que n'en aurait eu une sortie ou une réception organisée sous notre propre toit.

Mais Spinny n'était pas de mon avis. Spinny était toujours ravie d'inviter ses amis personnels et Rosemary prenait alors grand plaisir à leur préparer un «thé» agrémenté de toasts au fromage, de sandwiches à la crème d'anchois et de biscuit de Savoie, car elle estimait que cela contribuait à nous conférer l'apparence d'une famille plus normale.

«Pauvre agneau! a-t-elle soupiré un jour en levant au ciel ses yeux bovins et en tordant les coins de sa bouche. Pauvre agneau qu'on oblige tous les soirs à faire ces trucs en latin avec son papa, alors qu'elle a déjà passé la journée à l'école! Moi, je prétends que c'est un crime.

— Très curieux! ai-je dit. Car, moi, je prétends que c'est un privilège.

— Vous connaissez le dicton: se livrer à la raillerie est le signe d'un petit esprit», a-t-elle déclaré d'un ton sentencieux.

Je lui ai demandé quel pouvait être le signe d'un grand esprit. Mais elle n'a pas répondu. Elle est bien trop bornée.

Luke avait, évidemment, toujours passé beaucoup de temps hors de la maison, en particulier à l'Université, qu'il quittait souvent assez tard quand il n'y retournait pas dans la soirée. À la mort de Mère, il a changé une partie de ses habitudes, mais il les a reprises un an plus tard environ. J'ai accepté le fait sans discussion, malgré ma peine. À ce moment-là, nous avions entrepris de lire *Antigone* ensemble et, comme je ne tenais pas à rester seule dans son cabinet de travail avec Sophocle, j'ai décidé de donner moi-même à Spinny ses leçons de latin.

J'avais des projets très précis. Je n'envisageais pour ma part ni carrière, ni profession. Bien entendu, je compte faire des études universitaires, mais ici plutôt qu'à Oxford ou à Cambridge, car je n'ai jamais quitté la maison si ce n'est pour aller chez ma grand-mère ou en vacances. Excepté pendant les quelques nuits qui ont précédé la mort de ma mère, j'ai toujours couché sous le même toit que Luke. Je ne vois pas pourquoi il en serait autrement à l'avenir. Je rêvais d'être une éternelle étudiante, de passer examen sur examen, de faire un doctorat et de partager toujours la vie de Luke. Je me voyais travailler avec Luke sur le livre qu'il a l'intention d'écrire et auquel il a donné le titre de *Noogenesis*. Je me disais que ce serait la plus grande œuvre théologique de notre temps. Naturellement, Spinny, elle, se mariera. À treize ans, elle a déjà un petit ami, un garçon qui a des grains de beauté et une pomme d'Adam protubérante comme la tête d'un gros clou. Parfois, il la reconduit à la maison après les cours ou l'emmène jouer au ping-pong au Foyer des Jeunes.

J'ai souvent passé des soirées solitaires à méditer sur tout cela et à tendre l'oreille — par simple curiosité d'esprit — aux bruits de la maison, dans l'espoir de surprendre le clic-clac des talons invisibles sur nos planchers recouverts de moquette et le murmure de la voix fantôme. Un soir, le seul où Luke était à la maison cette semaine-là, il nous a raconté l'anecdote qui est à l'origine de la légende du chat fantôme. Il la connaissait depuis des années pour l'avoir découverte dans un vieux document, mais il n'en avait jamais parlé jusque-là par peur d'ajouter aux troubles de Spinny. Heureusement, depuis un bon moment, Spinny ne voyait plus le chat.

«Vous ignorez sans doute, nous a dit Luke, qu'au Moyen Age, quand on construisait une maison, la coutume voulait qu'on ensevelisse dans les fondations le corps d'un animal, généralement celui d'un chat et, parfois, celui d'un lièvre ou d'un rat. D'après les superstitions du temps, c'était pour porter chance à l'habitation et à ses futurs occupants. L'histoire dit encore — et des documents sont là pour authentifier le fait — qu'à la construction de notre maison, c'est un chat qu'on a enfoui dans le mur, un chat qui était mort, sans doute, mais un chat qui, vivant, avait été l'animal familier d'une sorcière du pays connue sous le nom de Margot la Blême.

— Ce n'était pas vraiment une sorcière, n'est-ce pas? a demandé aussitôt Spinny.

— Les gens d'ici croyaient que c'en était une. Et ils ont cru en son pouvoir quand elle a maudit cette maison après avoir découvert que les maçons lui avaient pris son chat, l'avaient tué et enfoui dans le mur. Elle a prédit que le chat hanterait la maison aussi longtemps que celle-ci existerait ou, du moins, aussi longtemps qu'on n'aurait pas retrouvé les restes de l'animal... où qu'ils puissent être. »

Pour amuser Spinny plus que par intérêt véritable pour ce genre d'histoire, j'ai demandé ce qu'était devenue la sorcière.

« Le fameux Matthew Hopkins, celui qu'on a nommé le Grand Découvreur de Sorcières, est venu de l'Essex et il a réussi à la capturer. Il y a eu un procès et Margot la Blême a été pendue. Je n'en sais pas davantage, j'ignore même la date exacte des événements et l'endroit précis où vivait Margot la Blême... Pas plus que je ne sais, a conclu Luke en souriant à Spinny, de quelle espèce de chat il s'agissait.

— Il s'agit d'un chat noir », a-t-elle déclaré.

À cette époque-là, Luke ne se jouait-il pas de moi ? Oh ! je ne veux pas parler de cette histoire de sorcière et de chat ! Mais ne me mentait-il pas au sujet de l'endroit où il passait d'habitude ses soirées ? Je crois qu'il ne mentait pas. Sauf si le fait de ne dire qu'une partie de la vérité et d'omettre l'autre s'appelle un mensonge. Il a dû fermer devant moi les portes de son esprit et je n'ai pas su trouver le mot magique qui les aurait ouvertes toutes grandes. Mais je ne me rendais même pas compte qu'elles se fermaient et je m'imaginais que ce qu'il me laissait entrevoir volontairement — les pentamètres grecs ou les spéculations théologiques — occupait toute sa pensée. Quand je m'apercevais, par hasard, de la fermeture de ces portes, je croyais, dans mon innocence, que la chambre dont elles m'interdisaient l'entrée était le lieu où il se souciait de *moi*, où il s'inquiétait plus particulièrement de, disons, mon état de santé. La crainte qu'une autre personne occupât la chambre secrète ne m'avait même pas effleurée.

Pour le dîner que nous allions donner, c'est Luke qui a choisi les convives sans me consulter. Cela seul aurait dû me rendre méfiante, mais il n'en a rien été. Je me suis fait la réflexion qu'il me trouvait sans doute trop jeune, à seize ans, pour jouer le rôle de la maîtresse de maison ou plutôt qu'il craignait que cela ne surprît nos invités. Il m'a précisé leurs noms. Nous étions assis l'un en face de l'autre dans son cabinet de travail, aux deux extrémités de sa table, et nous nous préparions à reprendre la lecture de notre *Antigone,* car j'acceptais volontiers d'abandonner Edgar Allan Poe dès que Luke me demandait un effort intellectuel particulièrement exigeant.

« Oh ! avant que j'oublie, a-t-il dit après avoir ouvert le livre, je veux que tu saches qui viendra dîner... Cyprian et sa femme, bien entendu, avec le docteur Trewynne et deux de mes collègues universitaires, le professeur Bulmer et le professeur Leonard.

Je me suis dit alors, je m'en souviens encore, que la moitié de nos convives allaient pouvoir dîner en toge si l'envie leur en prenait — quelle pléthore de mandarins! Puis, dans ma candeur, j'ai cru que les hommes allaient être plus nombreux que les femmes. Mais je n'y ai pas attaché grande importance. J'étais trop impatiente de commencer à lire Sophocle. Cependant, il y a eu comme une ironie du sort dans le premier vers que j'ai lu à voix haute, cette réplique d'Antigone à Créon:

«Hélas! ces mots m'annoncent la mort toute proche!»

Le soir du fameux dîner, c'est Sheila qui est venue s'occuper de la cuisine, mais elle n'a pas eu beaucoup à faire, car Luke avait acheté du saumon fumé, des fraises, des choses toutes prêtes qu'il n'y avait qu'à mettre dans des assiettes. Je ne sais plus quel était le plat principal. Les histoires de nourriture m'assomment — tout autant que les vêtements, comme je l'ai déjà dit. Mais c'est vrai qu'il faut bien se mettre quelque chose sur le dos et, quand Spinny a déclaré que, pour l'occasion, elle voulait être habillée comme moi, je n'ai pas voulu la contrarier, bien entendu. Nous avions justement une tenue identique, notre robe blanche de Confirmation. La sienne datait du mois précédent et la mienne avait plus de trois ans, mais elle m'allait encore. Elle était même un peu trop large. Et trop courte. L'ourlet, qui me descendait autrefois à mi-mollet, me remontait maintenant aux genoux. Nous nous sommes confectionné l'une et l'autre une ceinture de tissu bleu dans une vieille jupe de notre mère: deux larges bandes dont nous avons retourné en dedans les bords qui s'effilochaient. Je ne sais pas coudre. Depuis un an, Spinny a beaucoup grandi et sa tête dépasse mon épaule. Ses boucles brunes lui vont jusqu'au milieu du dos. Le soir du dîner, mes longs cheveux blonds, fraîchement lavés et bien brossés, me faisaient comme une cape dorée.

Rosemary était là pour ouvrir la porte. Je crois que cela gâche un peu le plaisir d'une soirée de devoir répondre soi-même aux coups de sonnette. Je lui avais demandé de mettre un tablier blanc, mais elle m'a opposé un refus inexplicable.

« Peut-être bien que vous vivez encore au XVIIIe siècle, m'a-t-elle dit avec insolence. Mais pas nous autres ! Le temps des esclaves, c'est fini. »

Il faisait très beau, ce soir-là, et les fenêtres à double battant étaient ouvertes sur notre jardin clos, ce jardin où j'avais cueilli des narcisses pour Luke. En avril, il y fleurit aussi des scyllas et une espèce particulière de tulipes naines. Mais, en été, il n'y a que des roses. Les variétés qui couvrent nos murs sont la Mermaid, la Golden Shower et l'Albertine, tandis que dans nos parterres s'épanouissent des roses thé, les plus ravissantes des hybrides, et d'autres variétés à fleurs multiples comme l'Allotria et l'Europeana. Nous avons aussi la William Lobb, une rose mousse, et une rugosa hybride, l'Agnès.

Le ciel n'était pas tout à fait sans nuages, il était parsemé de minuscules plumes roses et, au-delà de nos murs couverts de fleurs, on voyait la façade ouest de notre cathédrale dont les tours, plus hautes que celles de Wells, donnent une impression de plus grande harmonie, de plus grand équilibre. Ses niches de pierre, qui n'abritent pas moins de cent vingt-deux statues d'anges, d'archanges, d'apôtres et de saints, étaient encore, à cette heure, illuminées par le soleil déclinant.

Alors que nous attendions nos invités, tous les trois, je me suis dit de nouveau que nous composions un tableau, mais que, cette fois, la scène de genre que nous formions pourrait s'intituler «Le veuf et ses filles», car je trouvais que Luke, entre Spinny et moi pareillement vêtues de blanc et portant au cou une croix d'or au bout d'une fine chaîne, avait l'air soucieux et angoissé. Plus tard, j'ai compris que c'était de la peur que j'avais lue sur son visage et que c'était de moi qu'il avait peur.

M. et Mme Cyprian furent les premiers à arriver. Lui est chanoine, mais il n'est pas membre du chapitre. Il essaie de paraître jeune et à la page grâce à des favoris et à des cheveux trop longs, ce qui n'a pour résultat que de le faire ressembler à un personnage de Trollope. Elle, c'est une de ces bonnes femmes qui ne songent qu'à s'attifer. Du haut en bas, tout en elle est artificiel, depuis les reflets blonds dans ses cheveux et ses yeux trop fardés jusqu'à ses bas de dentelle blanche et ses sandales à petites lanières, dont les talons sont si démesurés qu'ils l'obligent à balancer les hanches et à piaffer comme une jument fougueuse. Tous les trois, nous nous sommes laissé embrasser, ainsi qu'il convient. Mon léger frisson est heureusement resté inaperçu, car Rosemary annonçait le docteur Trewynne. C'est notre médecin de famille, un simple généraliste, un toubib au rabais, qui m'a gratifiée une fois de plus, à son arrivée, d'une inspection de son œil malveillant et visqueux.

«Du train où tu vas, Elvira, m'a-t-il dit, tu vas bientôt te fondre dans le décor. Permets-moi de te conseiller un verre de cet excellent Oloroso.»

J'ai refusé avec un sourire. Il s'est fourré dans la bouche une poignée de cacahuètes.

«Sérieusement, ma belle, ce ne serait pas une mauvaise idée que tu viennes en consultation un de ces soirs. Téléphone donc pour avoir un rendez-vous et je te prendrai après mes autres patients. Qu'en dis-tu?

— Que votre idée n'est peut-être ni mauvaise ni bonne. On pourrait en dire, je crois, que c'est une idée *spécieuse*.»

Cette fois, j'étais assez contente de moi.

«Il m'arrive de penser que tu deviens encore plus pédante et plus maniérée que ton vieux papa», a-t-il répliqué avec d'autant plus d'impudence qu'il était en train de boire le xérès de Luke.

À ce moment-là, on a sonné à la porte et je me rappelle m'être fait la réflexion que nous attendions encore deux autres personnes, des universitaires, le professeur Bulmer et le professeur

Leonard. Rosemary les a fait entrer sans les annoncer. Elle savait qui était le docteur Tre-wynne, mais elle ignorait le nom des derniers invités et sans doute estimait-elle que ce serait agir en esclave que de s'en informer.

Luke, qui faisait alors la conversation avec Mme Cyprian sur la terrasse, revint dans la pièce avec une hâte inconvenante. L'homme, le professeur Bulmer — prénommé Alan —, m'a semblé sans aucun intérêt. C'est une nullité, un être falot, petit, myope, timide. Quant à la femme — car l'autre, l'ultime convive était une femme —, que puis-je en dire ? Une foule de choses. Ou rien du tout. Pour le moment, rien du tout, si ce n'est qu'elle était jeune, que nous ne devions pas avoir, elle et moi, plus de neuf ou dix ans de différence et qu'à la minute où je l'ai vue j'ai su qui elle était, ce qu'elle était et pourquoi elle était là.

Je l'ai compris à l'embarras de Luke, à son empressement et à sa peur. Je n'avais pas cherché à le savoir, mais, du fait qu'il avait perdu son sang-froid, il a sans doute laissé s'ouvrir toutes grandes les portes de son esprit, ce qui m'a permis de lire en lui. La passion et le désir fou y étaient si clairement visibles que je me demande comment les autres ont pu ne rien remarquer. Car ils n'ont rien remarqué. Ils en étaient incapables et sont restés sans réactions. Leur expression est demeurée polie, interroga-tive, aimablement indifférente. Et, sur le visage de Spinny, j'ai lu tant de confiance et de douce innocence qu'au milieu de ma souffrance j'ai été submergée d'un brûlant amour pour elle.

Oui, c'était bien de la souffrance. Et, maintenant, il faut que j'en parle. J'ai eu l'impression que mon âme était devenue l'une des statues de pierre calcaire ornant la façade de notre cathédrale et qu'un artisan malhabile, chargé de la restaurer, en taillait inconsidérément toute la surface avec un ciseau aiguisé et l'écorchait au point de faire voler en éclats les traits qui lui donnaient son caractère et sa sensibilité, si bien qu'elle se transformait en chose insignifiante, absolument inexpressive. Il me semblait que mon âme tombait en morceaux autour de moi, que chaque fragment qui s'en détachait me mettait à la torture, que ce qui constituait mon être n'en finissait pas de s'amincir et de se réduire pour ne devenir qu'une ombre. J'ai craint de m'évanouir.

J'ai tendu à la dame une main glacée. Luke a prononcé son nom.

« Mary Leonard. »

Qu'est-ce qui peut bien le pousser vers des femmes ordinaires, au prénom ordinaire ? Anne, d'abord, et Mary, maintenant.

«Je sais que vous êtes déjà une humaniste remarquable!»

Ce sont les premiers mots qu'elle m'a adressés. Je lui ai souri. Je ne mens pas: j'ai écarté les lèvres et je les ai largement étirées en montrant les dents.

«Mais il me semble que vous avez plus d'une corde à votre arc si vous nous avez aussi préparé à dîner.

— N'est-ce pas du ressort des femmes?» ai-je répliqué, en souriant toujours de toutes mes dents.

Je garde très peu de souvenirs de la conversation et, encore moins, du menu de ce dîner. Assise entre le docteur Trewynne et Alan Bulmer, je ne leur ai pas adressé la parole. Les sujets abordés ne présentaient aucun intérêt intellectuel et résonnaient lugubrement à mes oreilles, pareils à des bruits d'oiseaux de proie fondant sur leur victime ou à des criailleries d'oiseaux de passage. Il était question de nos fantômes, de la restauration de la façade de la cathédrale, de la nouvelle voiture de Mme Cyprian et d'un étudiant plein de promesses qui était à la fois le protégé de Luke et de Bulmer. *Elle*, je me le rappelle, s'extasiait d'un ton mielleux sur le dîner, la salle à manger, la maison. Et, tout en me demandant pourquoi le docteur Trewynne ne me quittait pas des yeux, je me répétais sans cesse: «Hélas! ces mots m'annoncent la mort toute proche!»

DEUX semaines plus tard, jour pour jour, alors
que la splendeur des roses était sur son déclin et
que l'Agnès était déjà fanée, Luke nous a
annoncé qu'il allait épouser Mary Leonard. Il
nous avait fait venir toutes les deux dans son
cabinet de travail en disant qu'il avait quelque
chose à nous confier. Spinny s'imaginait plus ou
moins que nous allions déménager, ce qui lui
aurait fait grand plaisir, à cause des fantômes.
Mais j'étais plus avisée qu'elle. J'avais prévu
l'événement dès que l'autre avait mis les pieds
dans notre salon, en voyant le drôle de sourire de Luke et en constatant qu'il lui avait
serré bien plus longuement la main qu'à
Mme Cyprian.

Il a commencé par nous demander si elle nous
était sympathique. J'ai décidé de ne pas mentir.
Mais n'est-il pas bizarre de ne trouver aucune
interdiction de mentir dans les Dix Commande-
ments? C'est peut-être parce qu'il est difficile
d'expliquer aux gens pourquoi le mensonge est
un péché alors qu'il est assez facile de constater
par soi-même qu'il est bien souvent avilissant.
Résolue à ne pas mentir, je me suis abstenue de

répondre. Mais Spinny a déclaré qu'elle l'aimait bien. Qu'elle aimait ses yeux, s'il vous plaît! Pour ma part, je n'avais rien trouvé de particulier à ses yeux, j'avais seulement constaté qu'ils étaient petits, qu'ils avaient des paupières, évidemment, et des cils plutôt courts.

« C'est une intellectuelle, a-t-il dit. Elle avait à peine vingt-cinq ans quand elle a passé son doctorat. Le sujet de sa thèse, c'étaient les techniques de construction et de maçonnerie au XIIIe siècle. Elle est déjà considérée comme une médiéviste éminente. »

Ainsi, c'était l'intelligence de Mary Leonard qui l'avait séduit. On ne pouvait en douter. Qu'avait-elle d'autre, en effet? Mais cela me fendait le cœur de savoir qu'il l'aimait pour son esprit. J'ai failli tomber à genoux et le supplier de renoncer à elle, mais mon amour-propre — l'idée que je me faisais de ma dignité — me l'a interdit.

« Je lui ai demandé de m'épouser et elle a dit oui. »

Naturellement, aucune femme au monde ne lui aurait dit non!

Spinny a paru ravie, comme si on venait de lui promettre une sortie ou un cadeau. Elle s'est approchée et lui a passé les bras autour du cou. Ce n'était pas de moi qu'il pouvait attendre ce genre de démonstration et il le savait bien. Spinny est tellement prodigue d'élans qu'ils n'ont plus la moindre valeur. Quoiqu'il la laissât se pendre à son cou, c'était moi qu'il cherchait du regard. J'ai vu qu'il y avait de la transpiration sur sa lèvre et des supplications dans ses yeux. Et j'ai souffert de le constater. Mais avant même d'avoir pu ouvrir la bouche j'ai ressenti dans mon esprit une espèce de séisme, une curieuse effervescence, puis un grand calme. J'ai su que jamais cette femme ne viendrait régenter la maison, que jamais elle ne l'épouserait. Ni elle, ni une autre. Jamais. Pourquoi avais-je été assez stupide pour voir une menace là où il n'en existait pas, là où il ne pouvait pas y en avoir ?

Bien entendu, je ne l'ai ni embrassé, ni touché. Je me suis contentée de répliquer de tout mon cœur, d'une voix qui débordait d'amour :

« Mes meilleurs vœux de bonheur pour l'avenir, Luke. »

Je pensais ce que je disais et mon évidente sincérité le fit sourire de joie et de soulagement. C'est alors que j'ai demandé à Spinny de nous laisser seuls. Nous nous sommes mis à lire le Cinquième Épisode d'Antigone :

Hélas, je cède et non sans peine !
Je ne peux rien contre le sort.

Notre lecture terminée, je lui ai dit bonsoir. Il m'a tendu la main et je crois bien qu'il voulait m'embrasser, mais j'ai souri en refusant d'un léger signe de tête. Après avoir refermé la porte derrière moi, je suis restée dans le couloir un moment, l'oreille tendue. Je l'ai entendu décrocher le téléphone, faire un numéro et dire aussitôt d'une voix douce, mais haletante : « Chérie ?... »

J'étais parvenue à la moitié du couloir qui traverse la maison sur toute sa longueur, au second étage, quand j'ai aperçu une forme sombre qui se tenait tapie, pareille à un sphinx. Puis elle s'est redressée sur l'extrémité de ses pattes, a fait le gros dos et s'est enfuie à mon approche. Toutes les fenêtres étaient ouvertes, car il faisait très chaud, cette nuit-là. Le chat des Cyprian n'avait sans doute pas eu de peine à entrer, mais je ne m'étais jamais rendu compte jusque-là que son pelage était aussi sombre. Quand il a disparu en direction de l'escalier de service, un cri plaintif s'est élevé de la chambre de Spinny...

Je suis accourue. Elle était assise dans son lit et m'a tendu les bras.

« J'ai entendu la voix, m'a-t-elle dit en pleurant. J'ai entendu la voix qui murmure. Elle disait : Despina, Despina, Despina... »

C'EST le lendemain du jour où Luke nous a annoncé son intention de se remarier et où Spinny a entendu la voix murmurer son nom que je me suis mise à noter tout cela. Jusque-là, je n'avais écrit que des contes, de petits récits d'épouvante à la manière de Clara Reeve et d'Ann Radcliffe, mais je me suis trouvée à court d'idées et c'est en partie par manque d'inspiration que je me suis tournée vers la vie réelle, notre vie. Après avoir écrit jusqu'à tomber d'épuisement, j'ai repoussé mon stylo et, pour fuir la réalité, je me suis replongée dans la lecture des œuvres d'Edgar Allan Poe, que j'avais découvert récemment. Le style de Poe a-t-il influencé le mien ? Je me le demande.

Toutefois, c'est sans importance puisque Poe est un grand auteur, un écrivain célèbre. J'adore ses longues phrases, ses mots polysyllabiques, ses ténèbres et ses splendeurs. Mais si je continue à le lire à ce rythme, j'aurai terminé dans un jour ou deux ses *Histoires extraordinaires* et, à moins de les reprendre depuis le début, je n'aurai plus rien pour me consoler et me changer les idées.

Remettant à plus tard le plaisir que Poe me procure, je vais donc continuer le récit de notre vie, celle de Luke, de Spinny, de Mary Leonard et la mienne.

Mais, plus particulièrement, celle de Mary Leonard. Il est temps que je la décrive. Elle est petite, elle a des cheveux d'un brun soyeux et une peau tavelée d'innombrables éphélides. Ma grand-mère avait autrefois un dalmatien qui n'était pas, paraît-il, un bon spécimen de sa race, car ses taches étaient toutes rassemblées au lieu d'être distinctes et disséminées. Les éphélides de Mary Leonard sont, comme les taches de ce dalmatien, groupées en constellations. Par ailleurs, elle est plutôt jolie et elle est mince. Elle n'est pas de ces femmes dont on voit la forme des seins sous les vêtements. Mais le lobe de ses oreilles est percé et elle a du poil aux jambes. Ses jambes ressemblent à un champ de blé moissonné avant qu'on en ait brûlé le chaume. Chaque fois que je regarde les jambes de Mary Leonard, je rêve de mettre le feu à ce chaume avec une allumette.

«Je me demande pourquoi il veut se remarier, ai-je dit à Spinny. Puisqu'il m'a, il ne peut pas craindre la solitude.

— Puisqu'il nous a, a rectifié Spinny.»

Elle m'irrite, parfois.

«Oui, il nous a. Par conséquent, il ne s'agit pas de solitude. Il n'a pas davantage besoin de quelqu'un pour tenir la maison, puisque Rosemary et Sheila s'en occupent et qu'en plus Mary Leonard m'a avoué qu'elle n'était pas capable de faire un œuf à la coque.

— Alors, c'est qu'il veut avoir des relations sexuelles avec elle », a répliqué Spinny.

J'ai frémi de dégoût à l'entendre. J'en ai eu le frisson. Évidemment, je ne la *crois* pas. Car c'était bien de mon père que nous parlions ce jour-là, c'est-à-dire d'un être qu'on ne peut, pas plus qu'un ange, imaginer sexué. Mais comment a-t-elle osé nourrir de telles pensées ? Comment une pareille explication a-t-elle pu lui venir spontanément à l'esprit, lui sembler évidente, admissible ? Moi, ma virginité, je la garde précieusement et je tiens à la garder toujours. Je n'ai jamais cherché à savoir ce qui se passe en *elle*, mais son âme doit être une espèce de cloaque où grouillent et nagent des larves visqueuses aux yeux blancs, comme dans les égouts souterrains. Et le pire, c'était qu'elle souriait, apparemment ravie de se représenter Luke avec Mary Leonard. Il est vrai qu'elle aime cette femme et qu'elle répond à ses avances avec des débordements de tendresse. La pauvre idiote ! Notre mère lui manque toujours autant et elle croit possible de la remplacer. C'est pourquoi elle continue à mal dormir, à voir le chat et à entendre la voix qui murmure son nom.

J'ai fini par m'adresser au docteur Trewynne. J'avais pris rendez-vous et je suis venue après ses consultations, comme il me l'avait suggéré le soir où nous avons vu pour la première fois Mary Leonard.

« Tiens, tu m'as quand même fait l'honneur d'une visite, Elvira! m'a-t-il dit de ce ton facétieux que les gens de son âge adoptent souvent pour me parler. Et ce n'est pas trop tôt, à mon avis. Combien pèses-tu? Le sais-tu seulement? »

D'un geste, j'ai écarté la question et je lui ai annoncé que je m'inquiétais au sujet de Spinny, qui était devenue insomniaque: il devait donc lui donner quelque chose pour la faire dormir. Bien entendu, je ne lui ai rien dit des fantômes. Je lui ai seulement demandé de lui prescrire un somnifère.

« Voyons, pas si vite, jeune fille! Inutile de s'emballer. »

Il a continué sur ce ton un bon moment. Pendant ce temps, je cherchais comment parvenir à subtiliser une des feuilles de son bloc d'ordonnances, quel moyen employer pour le faire sortir quelques minutes de la pièce. J'étais déjà bien résolue à croire que mon but justifiait tous les subterfuges. Mais il n'avait apparemment aucune intention de quitter son siège. Il a fini par dire qu'il viendrait voir Spinny, qu'il l'examinerait et qu'il lui prescrirait, au besoin, un tranquillisant anodin.

En rentrant, j'ai trouvé Mary Leonard en compagnie de Spinny. Avec ostentation, elle l'aidait à faire son devoir d'histoire. Elle parcourait des yeux les deux ou trois pages que Spinny avait remplies de sa grosse écriture de bébé — une écriture bien large qui s'étale toujours de façon à couvrir le maximum de papier. De temps à autre, elle penchait la tête de côté, fronçait les sourcils et jetait des regards narquois à ma sœur avant de lui poser une question qui eût mieux convenu à un agrégé qu'à cette pauvre petite. Pour attirer l'attention de Spinny, lui faire une remarque ou simplement pour l'interpeller à l'autre bout de la pièce, Mary Leonard a la manie de moduler son nom pour imiter, dit-elle, certains personnages de *Cosi fan tutte*.

O Despina! Olà, Despina!

Les opéras de Mozart, elle les connaît au moins aussi bien que Mère les connaissait. Spinny sourit d'un air gêné chaque fois qu'elle entend prononcer son nom en chantant et Mary Leonard lui rappelle alors qu'elle devrait répliquer : « Le padrone! »

Cela veut dire, bien sûr, « les maîtresses ». Et

ces maîtresses sont, évidemment, Mary Leonard et moi. En fait, ce sont mes attentions et mon affection qu'il lui faudrait. Spinny est trop facile à séduire, trop soumise et trop influençable. Quoi qu'il en soit, elle ne donne jamais la réplique, car elle ne sait pas chanter. Pas plus que moi, elle n'a d'oreille. Ce soir-là, quand je suis rentrée à pied de chez le docteur dans le doux crépuscule d'été et que j'ai retrouvé ma petite sœur ravagée par la mélancolie et quêtant l'amour de celle qu'elle prenait pour sa future belle-mère, Mary Leonard, qui lui faisait un cours sur la Révolte des paysans, après l'avoir interpellée en chantant, s'est adressée à moi sur le même mode.

Elvira, idol'mio, a-t-elle modulé à grand renfort de trilles fantaisistes.

Pour moi, il n'était pas question de laisser passer ce genre de choses.

«Vous m'obligeriez, lui ai-je dit, en ne recommençant sous aucun prétexte.»

Elle a pâli et ses éphélides sont ressorties en formant des amas de taches sombres. Franchement, ce n'est pas une beauté et Spinny doit se tromper, Spinny ne peut que se tromper!

Mary Leonard a essayé de rire.

«Je parle sérieusement, ai-je repris.

— Vous déraisonnez, Elvira.

— Je n'accepte pas qu'on me ridiculise sous mon propre toit. Vous vous apercevrez bientôt que la moquerie, quelle que soit sa forme, n'est pas de mise chez nous.»

Elle s'est contentée de sourire et de chercher Luke des yeux pour avoir son soutien. Mais Luke avait discrètement quitté la pièce. Néanmoins, elle se garde bien de recommencer à chanter mon nom. Elle a même entrepris de m'amadouer en me flattant et en m'enjôlant. Elle est allée jusqu'à me proposer, excusez du peu, d'être sa demoiselle d'honneur, projet grotesque que Luke a dû récuser lui-même. Mais pourquoi m'a-t-elle offert un rôle qui aurait enchanté Spinny ? J'ai vu la lèvre de ma petite sœur se mettre à trembler tandis que ses yeux se remplissaient de larmes.

« Toi aussi, bien entendu, Despina », a déclaré Mary Leonard après coup.

Mais cela venait trop tard, puisque à ce moment-là déjà l'inexorable veto de Luke avait rendu le projet caduc.

Ils vont se marier en septembre, à la cathédrale, et c'est le Doyen qui célébrera la cérémonie. Du moins, ils se l'imaginent. Ils ne sont pas le moins du monde arrêtés par le fait qu'à partir du premier septembre la façade ouest de la cathédrale sera entièrement couverte d'échafaudages, puisqu'on doit commencer à la restaurer une semaine plus tard. L'idée ne les traverse pas davantage qu'il pourrait y avoir d'autres empêchements. Moi, je sais que ce mariage n'aura jamais lieu et je cherche justement le meilleur moyen de l'empêcher.

J'aimerais me servir de poison. Certaines histoires de la Renaissance me fascinent. On empoisonnait alors avec une bague, un gant ou un éventail. Mais je comprends bien qu'il m'est impossible de recourir à ce genre d'expédients. En revanche, les barbituriques, ces tristes substituts modernes des poisons, sont peut-être davantage à ma portée. Le docteur Trewynne est venu voir Spinny, il l'a examinée et interrogée, puis il lui a fait une ordonnance pour une espèce de calmant. Je me demande sans cesse comment le persuader de prescrire quelque chose de plus fort... J'ai cru qu'Edgar Poe pourrait me donner des idées, mais j'ai lu dernièrement *Ligeia*, *Bérénice* et *Morella* sans en tirer aucun profit. Je viens d'en parler à Spinny. Je tiens à ne rien entreprendre sans la mettre au courant. Je veux qu'il s'agisse d'un plan concerté.

Les Grecs attribuaient des yeux de vache à leur déesse Héra et, pour eux, c'était un compliment. De nos jours, on aurait de la peine à trouver cela flatteur. Mais Spinny a justement ces yeux-là, de grands yeux bovins d'un brun sombre, luisants et dociles. Les lèvres légèrement entrouvertes, elle m'a regardée avec fixité et j'ai vu sur son front large et bas perler de la sueur, pareille à des gouttelettes de rosée. Penchée en avant, elle s'est mise à trembler dès que je lui ai parlé d'ouvrir des capsules pour en verser la poudre au fond d'un verre et que j'ai évoqué l'éventualité d'une chute du haut d'une fenêtre ou celle d'une piqûre de guêpe dans la gorge...

Elle s'est bouché les oreilles avec les mains.

«Je ne veux rien entendre, je ne veux rien entendre!»

C'est alors que le hasard m'a fait un cadeau. *Elle* est venue habiter chez nous. Oui, Mary Leonard s'est installée dans notre maison. La vie quotidienne des autres — leur domicile, leur façon de vivre et leur budget — a si peu d'importance à mes yeux que je ne m'étais jamais préoccupée jusque-là de savoir d'où elle sortait. Si j'ai bien compris, elle devait avoir une chambre ou un appartement en ville, bref, un logement quelconque. Je l'ai entendue par hasard en informer Spinny. Et Spinny a ouvert de grands yeux, avide de s'enquérir — Dieu seul sait pourquoi — de ces détails domestiques dont personne ne parle jamais chez nous. Après cela, elle a essayé de me faire profiter de son nouveau savoir sur les relevés de compteurs, les factures téléphoniques, les logeuses et les coûts de déménagement.

Pour me moquer d'elle, je me suis à mon tour bouché les oreilles avec les mains.

«Je ne veux rien entendre!

— Il faut qu'elle quitte son appartement. Elle va venir habiter ici jusqu'à ce qu'ils soient mariés.

— Ils ne seront jamais mariés. »

Luke ne m'avait pas prévenue. Il avait chargé personnellement Rosemary de préparer l'une de nos chambres d'invités. Avec moi, il est devenu distant, renfermé; il dissimule ses pensées, mais je sais qu'il me reviendra lorsqu'elle sera morte. L'amour qu'il me porte, l'*unité* d'esprit qui existe entre nous en seront même renforcés. Il verra alors que son désir d'épouser cette femme était une aberration, une sorte de folie furieuse dont cette mort l'a sauvé de justesse. Les écailles lui tomberont des yeux. J'imagine les yeux de Luke atteints d'une sorte de cataracte et recouverts de lourdes écailles argentées, luisantes comme l'armure de certains poissons. Mais je vois déjà cette carapace tomber ou disparaître sous l'effleurement de mes doigts pour permettre à ses prunelles de retrouver leur bleu lumineux et leur lucidité. Pour le moment, les écailles masquent leur transparence et donnent à mon père adoré le regard d'un pauvre benêt qu'on a dupé.

C'est hier qu'elle s'est installée. Le mois d'août a commencé et je n'ai pas encore arrêté mon choix sur une stratégie précise, mais je vais le faire. Je le ferai.

VOILÀ, c'est arrivé et je suis la coupable. Je dois l'être. Malheureusement, je ne m'en souviens plus très bien. Si je note ce qui s'est passé, c'est pour retrouver la mémoire. J'ai l'impression que mon esprit ressemble à une tapisserie aux multiples couleurs et aux motifs compliqués, mais que le métier s'est cassé en cours d'ouvrage, que la chaîne et la trame ont été arrachées et que je me retrouve .avec des milliers de fils inextricablement emmêlés. Comment m'y prendre pour les démêler?

Je préférerais retourner à la lecture d'Edgar Poe et tout oublier, mais je ne dois pas le faire. Il faut, au contraire, que j'essaie de remonter le temps jusqu'au jour de son arrivée ou jusqu'au lendemain, ou plutôt jusqu'à la nuit où je l'ai espionnée pour la première fois à travers le plancher. C'était au début d'août, au commencement de la deuxième semaine de ce mois torride et sec.

Rosemary l'avait installée dans la chambre qui se trouve juste au-dessous de la mienne et dont le plafond avait été troué pour y faire passer un câble électrique. Des trous et des lézardes, il y en a un peu partout dans une maison aussi vieille que la nôtre. J'étais allée examiner les lieux avant l'arrivée de Mary Leonard et, une fois de retour dans ma propre chambre, j'avais soulevé le tapis et retiré une des lattes du parquet pour être à même d'examiner ce qui pourrait se passer en bas. J'avais désormais la possibilité de surveiller de là-haut Mary Leonard pendant son sommeil.

J'en ai averti Spinny, car je n'ai jamais eu de secrets pour elle.

«Tu es comme Catherine de Médicis», m'a-t-elle dit.

J'ai d'abord été surprise que Spinny eût jamais entendu parler d'elle, puis je me suis rappelé que les romans pseudo-historiques étaient sa lecture favorite.

«Que veux-tu dire? lui ai-je demandé en souriant.

— Elle avait l'habitude de regarder à travers une fente du plancher Henri II faire l'amour avec Diane de Poitiers... Henri II, c'était le mari de Catherine.

— Je le sais, merci», ai-je dit d'une voix frémissante de dégoût.

Spinny est on ne peut plus terre à terre, pour ne pas dire «chair-à-chair».

«Bah, il n'entrera pas dans sa chambre! a-t-elle déclaré, il garde ça pour après le mariage.

— Parce que tu t'imagines que je le soupçonne

de *ça!*... Peux-tu croire vraiment que je veuille regarder ?»

De toute évidence, c'est bien ce qu'elle avait cru, la sale petite tordue !

Mary Leonard l'avait avertie de son intention d'apporter son électrophone — qu'elle appelait son «Music Center», comme si c'était une sorte de boutique à la mode ! — pour pouvoir écouter ses disques des opéras de Mozart.

«Mère, elle, n'avait pas le droit de le faire», a dit Spinny.

CELA a renforcé ma résolution d'en finir avec cette femme. Je me suis demandé ensuite si le pouvoir de ma pensée et l'inébranlable fermeté de ma décision avaient, à eux seuls, été capables de provoquer une rupture d'équilibre... N'y a-t-il rien eu de plus ? Je l'ignore, mais il faut que j'arrive à le savoir. Ce n'est pas pendant la première nuit qu'elle a passée à la maison, mais pendant la seconde, que je me suis mise à regarder à travers le plancher. J'ai vu qu'elle dormait avec les fenêtres grandes ouvertes et que le chat de Mme Cyprian était venu s'installer chez elle sur le siège d'un tabouret rectangulaire recouvert de tapisserie au petit point. À ce moment-là, sous l'avant-toit, juste au-dessus de moi, il y avait un nid de guêpes et j'ai trouvé assez stupide de sa part d'avoir laissé les fenêtres ouvertes. Le spécialiste des guêpes devait précisément venir dans un jour ou deux pour les exterminer au cyanure, à l'aide d'une espèce de longue cuiller. La chambre de Mary Leonard baignait dans le clair de lune et un trait de lumière argentée lui barrait le visage. Elle dormait sur le dos, en ouvrant la bouche.

Évidemment, comme elle était encore jeune et assez jolie, ce n'était pas aussi choquant que chez une personne âgée, car elle avait de belles dents. J'ai vu une tasse sur sa table de nuit : elle avait bu quelque chose avant de s'endormir.

De nouveau, je l'ai observée la nuit suivante, et celle d'après, et encore celle d'après. Bien que mon projet eût déjà pris forme, je ne savais pas encore quel procédé employer pour arriver à mes fins. Une semaine plus tard, j'ai passé toute une nuit à la regarder. Je m'étais couchée sur le plancher de ma chambre, la tête entre les solives et le plafond d'en dessous, l'œil au trou. J'ai gardé cette position pendant des heures. Elle remuait, elle bougeait, elle se retournait dans son lit, elle avait un sommeil très agité. La lune était sur son déclin et sa lumière, moins vive, ne me permettait pas de la voir aussi bien que la fois précédente. Le mois de septembre approchait, mais l'aube se levait encore tôt. À cinq heures, il a fait jour. Le bourdonnement d'une guêpe l'a réveillée. Elle s'est levée, elle est arrivée à emprisonner la guêpe dans sa tasse, puis elle l'a mise dehors et a fermé sa fenêtre.

Ce matin-là, est-ce le fait d'être restée toute la nuit sur le plancher à la surveiller qui a provoqué mon évanouissement ? Je n'ai pas pu tomber d'inanition, puisque j'avais mangé quelque chose presque tous les jours. Mais c'est sûrement la date à laquelle j'ai commencé à avoir des vertiges et à me sentir physiquement affaiblie.

J'avais la vague impression d'être sur le point de me séparer de mon enveloppe charnelle.

J'étais en train de mettre des fleurs dans un vase sur la table de travail de Luke, tâche quotidienne que je continuais à remplir en dépit de son attitude envers moi. Il ne songeait plus à m'en remercier et, encore moins, à retirer l'une des fleurs du bouquet pour la poser à proximité de sa main gauche. Je me souviens qu'il s'agissait d'asters blancs et d'une plante grasse aux feuilles couleur de cuivre rouge et aux bractées plates à fleurs roses. Au moment où je prenais le dernier aster dans la main et où je regardais mon ouvrage pour savoir où le placer, j'ai eu un étourdissement. La lumière et les couleurs se sont obscurcies, puis tout est devenu noir et je suis tombée par terre.

Spinny est arrivée en courant.

«Qu'est-ce qui ne va pas? Qu'est-ce qui se passe?»

Je ne suis pas restée inconsciente plus de quelques secondes. J'ai vu Spinny penchée sur moi, les yeux exorbités et la bouche entrouverte. Je lui ai demandé d'aller me chercher un verre d'eau.

Aussitôt après ou presque, l'homme aux guêpes est arrivé. Il habite dans un village des environs et, tous les étés, il vient exterminer nos guêpes. Je ne saurais dire pourquoi Luke n'a jamais fait appel aux services municipaux, nous avons toujours utilisé les services de cet homme. Chaque fois, il nous met en garde contre les produits chimiques qu'il apporte, l'acide prussique et le cyanure de potassium. Comme si nous étions des enfants débiles, il nous recommande de ne pas nous en approcher à moins d'un mètre. Où peut-il bien trouver ces produits ? A-t-il le droit de les avoir ? Cela, je ne l'ai jamais su. Vraisemblablement, il n'en a pas le droit, mais il sait où se les procurer.

L'ustensile métallique dont il se sert est fait d'une longue tige au bout de laquelle est fixé un récipient à peine plus gros qu'un dé à coudre. Après l'avoir rempli de cyanure, il dresse son échelle contre le mur de la maison et monte verser le contenu de sa « cuiller » dans la gouttière qui est le long du toit ou, s'il peut y parvenir, directement dans le nid de guêpes.

Comme je me sentais encore très faible et que la tête me tournait, je suis restée pour la première fois, ce matin-là, à observer ses préparatifs. Comme toujours, il avait apporté son cyanure dans une boîte de fer rouillé. Il en a prélevé la quantité nécessaire, puis il a remis le couvercle sur la boîte et la boîte dans le sac de toile qu'il avait laissé à l'arrière de sa camionnette. Dès qu'il s'est éloigné, je me suis emparée d'une paire de gants de ménage dont se servait Rosemary et je me suis protégé la figure avec un mouchoir noué derrière la tête. Ensuite, je suis allée mettre dans une tasse une cuillerée du produit toxique de la boîte en fer, puis je l'ai transvasé dans un petit bocal trouvé au fond du placard de la cuisine. Après mon chapardage, alors que je transportais le bocal pour le cacher dans ma chambre, je me suis aperçue de la présence de Spinny. Elle m'espionnait. Elle m'a suivie jusque là-haut. Elle est restée sur le pas de la porte à me regarder d'un air où il y avait peut-être du désarroi, mais plus vraisemblablement de l'étonnement. Elle n'a pas fait de réflexions et je ne lui ai pas donné d'explications. Elle a vu l'endroit où je mettais le cyanure, derrière les gros dictionnaires qui sont dans la bibliothèque de ma chambre.

C'est environ une semaine après qu'est morte Mary Leonard.

LA charpente et les plates-formes de l'échafaudage couvrent la façade ouest de la cathédrale. C'est très laid, bien entendu. Avant cela, je ne m'étais pas rendu compte à quel point cette vue splendide, si proche de nos fenêtres, comptait dans ma vie. J'aime sa beauté sereine et majestueuse, sa magnificence au coucher du soleil, son mystère au clair de lune, le curieux effet qu'a la neige lorsqu'elle coiffe les statues de capuches blanches et givre les ailes des anges... On a dit très justement de cette façade qu'elle constituait un gigantesque retable à ciel ouvert et les puristes seuls ont pu la trouver inférieure à celle de Reims ou de Chartres.

Je n'avais pas imaginé que les échafaudages la cacheraient à ce point et c'est avec désolation que j'ai vu monter les écoperches métalliques, les passerelles de planches et les cordages qui servent de garde-fous. Toutes les sculptures ont besoin d'un nettoyage, certaines sont à restaurer et il faut même remplacer deux statues qui se délitent, celles des apôtres Pierre et Paul dans leur niche à gable, au-dessus du grand portail.

De loin, l'ensemble de la cathédrale était toujours aussi beau. Mais dès que Mary Leonard eut compris que grâce, à cet échafaudage, les personnages de pierre devenaient accessibles, une folle envie l'a prise de monter les admirer de près. C'était bien naturel de sa part, puisque cet ensemble de chefs-d'œuvre a été sculpté pendant la période médiévale dont elle était justement la spécialiste, c'est-à-dire entre 1210 et 1240. Luke n'aurait jamais voulu entreprendre l'escalade sans l'autorisation du Doyen, mais celui-ci la lui a accordée bien volontiers. Nous avons donc pris rendez-vous pour grimper tous là-haut dans l'après-midi du premier samedi de septembre, deux semaines jour pour jour avant la date fixée pour le mariage de Luke et de Mary Leonard.

Elle portait une robe rouge. Ils se tenaient par la main. Mais Luke a lâché sa main quand le Doyen et M. Cyprian sont venus nous rejoindre — par souci de bienséance, je suppose. Puis Mary Leonard a encore fait des siennes. En voyant que Spinny, qui ne cesse de grandir et de grossir, avait mis un corsage blanc en broderie anglaise avec son jean et ses sandales, elle s'est mise à l'appeler « la bella Despinetta ». Elle ne pouvait pas s'empêcher de taquiner les gens et de se moquer d'eux. Ensuite, bien que sa plaisanterie soit tombée à plat, elle a déclaré à M. Cyprian qu'il ressemblait comme un frère au saint Michel Archange qui se trouvait là-haut, parce que ses cheveux étaient aussi longs et aussi clairsemés que les siens. Il n'y a eu que Luke pour en rire et pour la menacer du doigt.

Nous avons commencé l'escalade par la première passerelle pour aller regarder les statues abîmées des deux apôtres, qui étaient toujours en place à ce moment-là. Puis nous avons emprunté la deuxième passerelle, située à mi-hauteur du « retable à ciel ouvert » et nous avons pu admirer les vitraux, surtout celui qui date d'avant Cromwell. Le long de la troisième passerelle, nous nous sommes trouvés au niveau des huit niches à gable : quatre d'entre elles abritent les statues des quatre archanges et les quatre autres celles des séraphins à six ailes déployées qui ont l'air de s'envoler des portes du paradis. Tous ces personnages, qui sont en excellent état de conservation, présentaient beaucoup d'intérêt pour Mary Leonard — et, plus particulièrement, celui de saint Michel.

Après avoir fait quelques remarques érudites et parfaitement abstruses, elle a comparé une fois de plus l'archange à M. Cyprian. Mais son plus vif désir était de voir de très près la représentation de la Cène avec le Christ assis au milieu de ses douze apôtres, qui était juste au-dessus, dans un long renfoncement flanqué de deux hautes tours. La passerelle supérieure, la quatrième, courait au ras des pieds des disciples, à près de quarante mètres du sol.

Nous y sommes allés. La tête commençait à me tourner — à force de grimper, sans doute —, mais je n'ai rien voulu dire. Mary Leonard marchait devant moi à grands pas, pressée d'admirer les sculptures. Le Doyen nous a crié d'être prudentes, de ne pas faire les sottes, de ne pas oublier qu'en dépit des montants de bois reliés aux planches nous n'avions qu'un gros cordage comme garde-fou.

Depuis ce jour-là, on a pris de sérieuses précautions pour renforcer la sécurité des passerelles. Au cours de l'enquête qui a suivi la mort de Mary Leonard, le coroner a blâmé le Doyen de nous avoir amenés là-haut. On n'a pas épilogué sur la corde rompue. On a prétendu qu'il devait en manquer un bout à cet endroit, ce qui n'aurait pas été dangereux, paraît-il, si seuls des ouvriers expérimentés s'étaient servis de cette passerelle. Mais ce qui a paru scandaleux, c'est que le Doyen ait pu conduire ses amis, parmi lesquels des femmes et des enfants, jusqu'à cette hauteur.

Quand l'accident est arrivé, le Doyen ne regardait même pas dans notre direction et je ne saurais dire où se trouvaient exactement Luke et M. Cyprian. Je sais à peine où j'étais et où se trouvait Spinny. Je me souviens simplement que Mary Leonard s'est arrêtée devant la Cène et s'est reculée pour mieux la regarder en levant la tête vers le ciel. L'ai-je touchée, poussée ? Est-ce seulement la rupture du cordage qui a causé sa mort ? Je ne saurais le dire. J'ai l'esprit vide de tout souvenir sur mon comportement d'alors et, après quelques semaines, quand j'essaie de me rappeler ce qui s'est passé, je ne vois que le bleu intense du ciel, les hautes tours de pierre dans la lumière radieuse, un vol d'oiseaux blancs passant à des hauteurs vertigineuses et les statues de la Cène aux traits estompés par les siècles et les intempéries. Je vois aussi Mary Leonard en robe rouge qui se dresse sur la pointe des pieds...

Au moment où elle est tombée, je regardais ailleurs. Elle a poussé un cri. Luke s'est mis à hurler, il est accouru et il est resté un certain temps affaissé aux pieds des apôtres, bouche bée d'épouvante et de souffrance. Je me le rappelle bien et je me rappelle aussi le bruit qu'a fait le corps en heurtant le sol, un bruit tout à la fois dur et mou. Elle gisait sur ces pavés que nous appelons des cœurs, mais je ne sais pas s'il y avait du sang. Sa robe était trop rouge pour qu'on pût le voir.

Tout le monde a dit que c'était un drame atroce : une fille si brillante, si jeune, avec tout l'avenir devant elle ! Mme Cyprian est venue nous faire ses condoléances en prétendant qu'elle ne pouvait plus penser à rien d'autre. Elle était en larmes. La pommade bleue qu'elle met sur ses paupières lui coulait sur les joues et ses boucles d'oreilles — de minuscules oiseaux jaunes dans des cages dorées — tremblotaient et tintinnabulaient.

Son chat s'était encore une fois introduit dans la chambre de Spinny.

« Auriez-vous l'obligeance d'empêcher votre animal de venir chez nous ? » lui ai-je demandé avec beaucoup de politesse.

Elle a quand même pris la mouche et s'est défendue par un mensonge. D'après elle, le chat venait de rester huit heures enfermé dans sa cuisine.

« Impossible ! Il a passé la nuit dans la chambre de ma sœur. »

C'était un argument sans réplique et elle s'est réfugiée dans l'insulte.

« Votre pauvre père, *lui,* je le plains ! »

Je le plaignais, moi aussi, mais pour une tout autre raison. Il s'était à tel point entiché de Mary Leonard que sa disparition lui a causé une terrible souffrance. Soir après soir, je lui ai tenu compagnie dans son cabinet de travail. Il ne rompait le silence que pour me vanter tel ou tel trait de caractère qui l'avait plus spécialement enchanté chez Mary Leonard, ou même quelqu'une de ses particularités physiques. Mais c'était sur son intelligence qu'il ne cessait d'insister, une intelligence qui lui avait paru presque égale à la sienne. Pour lui, où trouver désormais tant de qualités chez une femme ? C'était impossible. Excepté chez moi, sa fille aînée, disait-il en me regardant avec tendresse.

Au sortir de ces douloureuses confrontations, je n'ai cessé de me demander si j'étais bien à l'origine de son chagrin et de son deuil. Mais, dès que je m'interrogeais, j'avais l'impression que mon esprit se refermait et seule me revenait en mémoire une image composite, une sorte de collage où se juxtaposaient le bleu resplendissant du ciel, la luminosité grise de la pierre et la couleur rouge sang de la robe de Mary Leonard au milieu de ces pavés bruns qui, par leur taille et leur forme, ressemblent à des cœurs humains.

Si j'ai oublié ce que j'ai pu faire cet après-midi-là, je me rappelle pourtant avec netteté mon intention de la tuer. Et ce qui témoigne de cette intention, c'est le petit bocal contenant le cyanure qui est toujours derrière les gros dictionnaires de ma bibliothèque. Pendant des semaines, je n'ai remis en place ni le tapis de ma chambre, ni la latte de plancher que j'avais enlevée. C'est aussi dans ma chambre que sont restées la tasse et la cuiller qui m'ont servi à attraper une guêpe, emprisonnée sous un morceau de gaze pour la laisser respirer. Mais ai-je jamais pris de décision ? Se peut-il que j'aie opté, en fin de compte, pour le moyen que me suggérait Mary Leonard elle-même en tenant à monter voir la façade de la cathédrale ? Pourtant, je me rappelle que, là-haut, la tête me tournait. J'étais dans le vague, je me sentais très vulnérable, en proie à un vertige mi-réel, mi-imaginaire. Ce que je sais seulement, c'est que je l'ai voulue morte et qu'en restant près de moi, debout sur la passerelle, elle a sans doute mis sa vie entre mes mains. Il y a encore autre chose... On a emporté son corps et dispersé les témoins. Et quand tout a été fini, je me suis réfugiée dans ma chambre. C'est alors que j'ai trouvé, dans la poche de ma robe un canif. En l'ouvrant, j'ai vu, sur l'une des lames, des fibres de chanvre qui semblaient bien provenir d'un cordage.

Je veux vieillir, mais je ne veux pas devenir femme. Je veux être érudite, mais sans être étudiante. Je veux être une intellectuelle, un écrivain, un esprit supérieur, mais sans me morfondre à travailler dur pour y parvenir. Je ne peux le dire à personne, mais je peux au moins l'écrire. Au cours de l'hiver et du printemps, j'ai rarement mis les pieds en classe. Spinny m'a déclaré que j'enfreignais la loi. Mais, quand je lui ai rappelé que la fréquentation scolaire n'était plus obligatoire après seize ans, elle m'a laissée tranquille.

Je crois que Luke ne s'est aperçu de rien. Il est trop malheureux pour s'en soucier. Les premiers mois, il nous parlait à peine et il paraissait nous regarder sans nous voir, comme si nous étions devenues transparentes. Il a laissé tomber son travail sur *Noogenesis* et la lecture de Newman ne réussit même plus à le consoler. La nuit est son seul réconfort, car il prend des somnifères. Le docteur Trewynne n'a guère hésité à lui prescrire les barbituriques que je lui avais un jour réclamés pour Spinny. Il y a un mois environ, il est sorti de sa léthargie pour suggérer que nous lisions *Médée* tous les deux. Jusque-là, je ne sais pourquoi, nous avions négligé cette œuvre.

Un soir, j'en suis arrivée au passage qui raille les consolations de la littérature.

A l'amer chagrin des mortels
Nul poète n'a trouvé remède
Par les chants d'un concert de lyres...

Je venais de dire ces vers quand il m'a interrompue pour me déclarer qu'il avait une lettre à me montrer. Il a pris une feuille dans l'un des tiroirs de son bureau. Elle était couverte de son écriture, de cette remarquable calligraphie aussi belle à regarder que facile à déchiffrer. Il s'agissait d'une lettre qu'il me destinait. Il m'appelait sa «très chère fille, Elvira» et m'enjoignait de prendre soin de ma jeune sœur, qui était mon inférieure par l'intelligence et ma cadette de plusieurs années. Il ne faisait aucune allusion à notre mère. Quant à sa propre mère, il ne s'y référait que pour mentionner à quel point ce devait être douloureux de perdre un enfant.

J'ai tout de suite saisi le sens de son message et j'ai violemment protesté.

«Avant de faire des commentaires, continue à lire jusqu'au bout», m'a-t-il dit.

J'avais froid et mes mains tremblaient, mais j'ai continué ma lecture. Il disait encore que ses filles allaient le quitter, que cela ne tarderait pas, qu'il avait fondé tous ses espoirs de bonheur sur Mary Leonard, que l'existence avait perdu toute signification pour lui depuis sa disparition et qu'il ne voyait plus aucune raison de continuer à vivre. Il avait l'intention de mourir discrètement, de la façon la moins dramatique possible, pour ne pas causer trop de soucis aux autres. Il laissait tout ce qu'il possédait à ses filles et ses biens seraient administrés par fidéicommis jusqu'à ce qu'elles aient dix-huit ans.

« Tu ne feras pas ça, n'est-ce pas ? me suis-je écriée. Tu ne m'aurais pas montré cette lettre si tu avais l'intention de faire ça ? »

Il a souri tristement en secouant la tête. Non, il n'en avait pas l'intention, du moins dans l'immédiat. Il était homme d'Église et père de famille. Il restait conscient de ses responsabilités.

« Je suppose qu'il arrive, m'a-t-il dit, qu'on écrive ce genre de lettre à l'intention de ses enfants dans des moments de dépression. Mais c'est parce qu'on les aime. Je sais que ma propre mère a écrit quelque chose comme ça à mon intention lorsqu'elle attendait mon frère et qu'elle craignait de mourir au cours de l'accouchement. »

Il m'a pris le papier des mains et l'a remis dans son tiroir.

« Maintenant, reprenons la lecture de *Médée*. Quoi qu'en dise Euripide, la littérature peut encore réconforter quand il ne nous reste plus rien d'autre. »

Je n'ai presque pas dormi, cette nuit-là. Vivre sans Luke me paraissait inimaginable. La seule solution au problème... eh bien, ce serait que lui et moi pussions mourir ensemble! N'y a-t-il jamais eu au monde un pacte de suicide entre père et fille? C'est une idée qui aurait probablement séduit Edgar Poe, mais je ne crois pas qu'il l'ait eue. À ce propos, il me paraît très étrange d'avoir déjà oublié presque tous ses contes, alors que je viens de les lire. Ils me sont sortis de la mémoire en même temps qu'une foule de choses importantes. Il ne m'en reste que le souvenir confus, pareil à celui d'un long rêve indéchiffrable, de mystérieuses mourantes au visage émacié et aux cheveux noirs, associées à des images de démons, de personnages excentriques ou caricaturaux, de spectres et de médecins déments dans des pièces transformées en chambres de torture.

Quelques jours — ou quelques semaines — plus tard, j'ai tout révélé à Spinny. Je n'avais guère envie de lui faire cette confidence, mais j'ai besoin de son aide pour exercer sur Luke une surveillance constante, au moins jusqu'à ce qu'il soit sorti de son état dépressif. Je passe actuellement mes examens de fin d'études secondaires et il faut bien que je m'absente de la maison.

« Pourquoi est-ce que je ne peux pas vivre dans une famille normale ? s'est écriée Spinny, furieuse.

— Que veux-tu dire par là ?

— Si seulement Mère n'était pas morte !.. Pourquoi a-t-il fallu qu'elle meure ? Pourquoi faut-il que nous appelions notre père par son prénom et que nous prenions des leçons de grec et de latin avec lui ? Je déteste ça. Je déteste cette maison. Elle est pleine de fantômes et j'ai peur des fantômes. J'ai peur du chat, et de la dame qui marche, et de la voix qui m'appelle par mon nom. Pourquoi faut-il continuer à vivre ici ? Sais-tu ce qui me plairait ? Je suppose que tu t'en fiches, mais je vais quand même te le dire. J'aimerais aller vivre chez Grand-Mère, pouvoir inviter mes amis, écouter des disques et être *comme tout le monde.* »

Qu'elle est donc puérile ! Bien entendu, ce n'est pas grave pour elle de manquer un peu la classe afin de surveiller Luke, car c'est une élève exécrable. Depuis un an, ses résultats scolaires ne cessent de baisser. Moi, j'ai de la chance : l'anxiété et la tension nerveuse ne m'ont pas affectée sur ce plan-là. Quoique je n'aille pas bien, que je me sente très faible et que je sois toujours sujette à de brusques vertiges, les examens restent pour moi un jeu d'enfant. Ce matin, une lettre est arrivée de l'Université qui m'offre une place à St Leofric's Hall. C'est évidemment la conséquence de mes bons résultats aux examens. Mais, comme le dit Luke, il ne s'agissait, dans mon cas, que d'une pure formalité.

Je suis dans le jardin, couchée sur une chaise longue. J'y ai passé la plus grande partie de ma journée. Aujourd'hui, nous avons eu la première belle journée de l'été, avec un ciel sans nuages, un soleil radieux et chaud. J'ai vu les boutons de nos roses grimpantes, l'Allotria, l'Europeana et l'Albertine, encore fermés ce matin, s'épanouir doucement au cours des heures sous la caresse du soleil. Rosemary vient de sortir de la cuisine pour m'apporter une tasse de café et un sablé — qui ne me disent vraiment rien. Elle prétend que nous sommes au début d'une vague de chaleur. J'ai repoussé ma chaise longue du soleil à l'ombre, mais tout effort physique m'essouffle. Le plus dur pour moi, c'est la montée de l'escalier et, parfois, je suis obligée de gravir les marches à quatre pattes. Un soir de la semaine dernière, Spinny est sortie de sa chambre pour me regarder faire.

« J'ai cru que c'était la dame... Je croyais avoir entendu le bruit de ses jupes. Mais c'était toi ! C'était le bruit de tes jambes contre le tapis. Je suis sûre que tu es folle.

— Ah ! vraiment !

— Si Mère était encore là, elle t'obligerait à manger. Je vais en parler à Mamie. Je vais lui dire que tu ne manges rien. Et je demanderai à Luke de me mettre en pension. »

Je ne sais pas si elle le lui a demandé, car je suis brouillée avec lui. Il y a quelques jours, je l'ai terriblement vexé. Comme j'étais à bout de forces, j'avais appuyé ma tête au dossier du canapé où nous étions assis et je faisais des efforts désespérés pour apprécier la façon dont il déclamait la longue tirade qu'Euripide avait mise dans la bouche de Ménélas. Mais j'ai bientôt sombré dans la somnolence.

Soudain, la voix de Luke m'est parvenue, cassante, furieuse. Et je me suis réveillée.

« Ça suffit, Elvira ! J'ai autre chose à faire qu'à perdre mon temps avec une jeune personne qui passe ses journées à baguenauder et qui est trop fatiguée pour travailler le soir. »

Je lui ai fait des excuses. Bien qu'ayant passé ma journée dans le jardin sur une chaise longue, je trouvais que ses reproches étaient justifiés.

Mais rien ne le trouble davantage qu'une apparence d'indifférence. Rien ne lui déplaît autant que le manque d'attention à son égard.

« Nous ferions peut-être mieux d'arrêter ces lectures jusqu'à ce que tu saches ce qui est le plus important : tes distractions d'adolescente ou Euripide. »

Cela ne m'a pas beaucoup affectée et j'en suis étonnée. J'ai l'impression que bien peu de choses m'intéressent ou me concernent désormais. J'ai recommencé à écrire, mais je sais à peine ce que j'écris. Et quand je lis, je m'endors sur mon livre.

HIER, Grand-Mère est venue nous voir. Il ne faisait pas aussi chaud qu'aujourd'hui et nous étions à l'intérieur de la maison, Spinny et moi. Spinny était de très mauvaise humeur, parce que Luke venait de lui interdire de sortir seule avec Tom, son nouveau copain. Il suggère que je les accompagne, mais je ne me vois pas très bien jouer auprès de ma sœur le rôle de chaperon — à supposer que j'aie la force de les suivre...

«Laisse-moi t'emmener chez le docteur Trewynne, a dit Grand-Mère. À mon avis, tu devrais être à l'hôpital.»

J'ai protesté avec un léger sourire, ce sourire que je réservais auparavant à Mary Leonard.

«Mais non, mais non!» ai-je dit en levant le bras comme pour me débarrasser de sa sollicitude.

Je me suis alors aperçue que ma grand-mère et ma sœur regardaient avec étonnement le haut de mon bras dont la peau est, d'habitude, blanche et lisse. Moi aussi, j'avais été déconcertée quand j'avais découvert qu'il y poussait un léger duvet doré, une fine substance laineuse qui recouvre maintenant tout mon corps, à l'exception de mes paumes et de la plante de mes pieds. On dirait le pelage d'un chat étique.

« Elle est en train de mourir d'inanition ! » s'est écriée Spinny en se précipitant pour me serrer dans ses bras.

J'ai tenté de la repousser. Je sais ce que les Chinois veulent dire quand ils se plaignent de l'odeur des mangeurs de beurre, de crème et de fromage. La pauvre Spinny s'est mise à pleurer. Elle avait la figure toute rouge et boursouflée. Grand-Mère a déclaré qu'elle allait avoir une discussion avec Luke pour essayer de trouver un remède à cet état de choses.

Je sais que je suis mourante. Mon indifférence en est la preuve. Je ne me fais plus de soucis pour personne, pas même pour Luke — enfin, presque. Je ne m'intéresse plus à l'avenir. Je ne vois pas plus loin que le jour présent, la nuit présente. Ce qui m'arrive est paradoxal. Je me suis efforcée d'ignorer mon corps, de le mortifier pour devenir un pur esprit, et je suis d'une certaine façon parvenue à mes fins : ma chair s'est consumée et mon sang s'est appauvri à tel point qu'en levant la main vers le soleil couchant, je peux voir la lumière traverser ma peau, mes os, mes tendons et mes veines, qui prennent alors l'éclat crémeux et translucide d'une rose Albertine. Mais, du même coup, mon esprit s'est appauvri et consumé, ce qui laisse à penser que l'âme dépend du corps pour sa survie. En tout cas, mon âme à moi a perdu sa vigueur lorsque mon corps a perdu la sienne. Elle n'est plus capable d'élan, d'envol, de transcendance. Ces temps-ci, je n'éprouve plus rien qu'une fatigue extrême et une terrible envie de me reposer.

Le jour décroît rapidement et son agonie intensifie toutes les odeurs du jardin, le parfum de la rose, du chèvrefeuille et du blanc philadelphus. Des abeilles rejoignent indolemment leur ruche et des phalènes, en quête de lumière, s'en vont en voletant vers le rectangle orangé que dessine la fenêtre de Luke sur le mur sombre de la maison. Et moi, je reste allongée là, à regarder ce rectangle d'or et à me demander pourquoi Luke n'a pas ouvert sa fenêtre avant de se mettre au lit, comme il le fait toujours les soirs d'été, quand il fait doux.

Après tout, pourquoi ne passerais-je pas la nuit dehors? Qui le saura? Qui s'en souciera? Spinny a monté à Luke quelque chose à boire et il a dû se coucher tout de suite après. Elle m'a apporté à boire, à moi aussi. Je peux encore distinguer la trace blanchâtre du liquide que j'ai flanqué par terre et que le sol altéré a vite absorbé.

Maintenant, il fait trop noir pour lire et Edgar Poe est tombé dans l'herbe. Je commence à gribouiller, à écrire tout de travers, car l'obscurité m'empêche de distinguer les lignes de mon papier.

Si je succombe au sommeil, qui sait si je me réveillerai?

La pluie s'est changée en neige et la chute lente de ces gros flocons a modifié jusqu'au rythme de la journée. Sous le coup d'un vent très vif, la pluie tombait en rafales violentes. Mais, depuis que le vent s'est calmé, la neige descend avec une telle douceur qu'elle me fait l'effet d'un rêve. Elle recouvre peu à peu le jardin, encapuchonne les deux nouveaux saints de pierre de la cathédrale et donne aux ailes des anges la blancheur de celles des mouettes. La première chose que j'ai remarquée, le jour de mon retour, c'est que la grande façade sculptée avait été débarrassée de ses échafaudages et qu'elle avait retrouvé la netteté et la splendeur de ses origines, sept siècles plus tôt.

Spinny a commencé un bonhomme de neige. Mamie prétend que ce n'est plus de son âge, mais je ne vois pas trop pourquoi. Qu'est-ce que l'âge vient faire là-dedans ? Aujourd'hui, je suis sortie. Ce n'était pas la première fois. Quand le temps s'améliorera, je suis sûre que j'arriverai à parcourir un ou deux kilomètres à pied. Maintenant, je pèse presque ce qu'une fille de ma taille devrait peser. Je n'ai plus qu'un ou deux kilos à prendre. Ce matin, je suis allée jusqu'à l'Université et je me suis arrêtée un moment devant St Leofric Hall, où j'aurai dû entrer en octobre dernier si je n'étais pas tombée malade. Un étudiant est arrivé à bicyclette et il est passé sous le grand portail de pierre. Il m'a fait un sourire et m'a crié: «Salut!». Je lui ai souri à mon tour, mais sans répondre. C'était tout de même, de ma part, un comportement très audacieux.

Je suis toujours inscrite à St Leofric où j'irai l'automne prochain. J'aurai déjà dix-neuf ans, mais qu'est-ce que ça fait? Je suis restée si longtemps malade après la mort de Luke que j'ai l'impression d'avoir perdu un morceau de ma vie, une période essentielle de ma jeunesse que je ne récupérerai jamais. Car Luke est mort, oui. Et peut-être qu'un jour j'aurai la force d'écrire quelque chose sur les circonstances de ce décès, mais pas maintenant, certainement pas maintenant... C'est déjà beau que je puisse admettre la réalité et y songer calmement.

J'ai beaucoup changé. J'en suis sûre, je le sens. Et, quand il m'arrive d'avoir quelques doutes à ce sujet, les autres sont là pour me le confirmer. Mamie, par exemple. À la mort de Luke, elle a fermé sa maison pour venir vivre chez nous, s'occuper de Spinny et me soigner à la sortie de l'hôpital.

« Tu n'es plus du tout la même, Elvira, m'a-t-elle dit le jour où je me suis redressée dans mon lit pour lui prendre des mains le plateau de mon dîner, en retrouvant spontanément le nom que nous lui donnions dans notre enfance.

— Mamie !

— Je ne t'ai jamais fait de réflexion, m'a-t-elle déclaré. Mais je t'observais, je t'écoutais et je me demandais combien de temps il te faudrait pour t'en sortir ou même si tu t'en sortirais jamais.

— Eh bien, il paraît que certaines personnes, au milieu de leur vie, ont une crise, la crise de l'âge mûr. Moi, j'ai eu une crise de l'âge tendre, du tout début de la vie, d'avant la vie peut-être. Car je n'ai pas encore commencé à vivre, n'est-ce pas ?

— Peut-être bien.

— Avant, j'étais plus ou moins comme tout le monde. Et puis, je ne sais pas pourquoi, je suis devenue bizarre.

— Tu as eu de quoi devenir bizarre, ma pauvre petite. »

Elle faisait allusion à la mort de Luke. Elle savait, évidemment, dans quel état je l'avais trouvé et ce que j'avais vu.

« Non, je parle de bien avant. Quand j'avais quatorze ans. Tout a commencé avec la maladie de Mère. »

Le même soir, j'ai recherché les pages que j'avais écrites sur notre vie dans cette maison après la mort de Mère, sur l'installation de Mary Leonard et sur ce qui nous est arrivé à tous. J'ai honte de ce que j'ai noté à ce moment-là, honte de la fille que j'étais alors. Une fille affectée, pédante, arrogante, presque folle... Était-ce vraiment moi? Et au bénéfice de quel lecteur imaginaire ai-je voulu donner de moi des impressions aussi fausses?

Ce que j'ai écrit de plus exact à mon sujet — tout en exagérant —, c'est mon goût pour les romans et les contes d'épouvante. Mais «goût» n'est pas le mot juste: «passion» serait plus près de la vérité. Je me croyais semblable à l'une des héroïnes morbides d'Edgar Poe, je m'imaginais que je vivais dans une maison marquée par le sort et, en fait, je n'étais rien de plus qu'une adolescente névrosée entre une pauvre petite sœur déboussolée par le chagrin et un père dépassé par son rôle de veuf et de chargé de famille. Pauvre Luke! Maintenant, je suis à même de le comprendre mieux, de le jauger et de le juger, j'en ai bien peur: il n'était préoccupé que de lui-même, il ne s'intéressait pas à nous, il ne pouvait avoir avec nous qu'une relation de professeur à élèves. Justement, à ce propos, dans ce que j'ai écrit, j'ai tracé de moi un portrait complètement truqué. S'il est exact, par exemple, que nous prenions, Spinny et moi, des leçons de latin et de grec avec Luke, je n'étais absolument pas l'élève prodigieuse que je prétendais être. Je n'étais pas davantage capable de donner des cours à Spinny et de lire *Antigone* dans le texte à quinze ans.

Le journal que je commence à l'heure actuelle sera, je l'espère, plus honnête. Si je l'ai commencé, c'est plus ou moins pour m'occuper pendant cette année d'attente — une espèce d'année *sabbatique*, bien qu'on ne puisse guère parler d'année sabbatique pour quelqu'un qui n'est pas professeur. Du reste, je ne crois pas que j'écrirai tous les jours, car j'ai un tas de lectures à faire. Bien loin de passer haut la main mes examens de fin d'études secondaires, comme je m'en suis vantée, j'ai obtenu de justesse les notes nécessaires pour entrer à l'Université et je me dis maintenant que si je n'avais pas été la fille de mon père...

Mamie m'a laissé entendre hier qu'un excès d'humilité me serait aussi nuisible que mon orgueil d'antan.

« Il ne faut pas osciller comme un pendule, ma chérie. Tu passes toujours d'un extrême à l'autre. »

C'est vrai, je dois être prudente sur ce plan-là. En fait, je dois être prudente sur tous les plans. Car l'effet de la crise qui a bouleversé mon adolescence se ressent encore dans ma prose, toujours pédante, démodée et alambiquée. Je vais faire tout mon possible pour me débarrasser de mon affectation. Il faut que j'en sois libérée avant le mois d'octobre, puisqu'à la rentrée universitaire j'aurai à rédiger des essais pour un professeur ou pour un assistant.

La neige tombe à gros flocons, en ce moment. Spinny a fini son bonhomme juste à temps et elle lui a mis sur la tête un vieux chapeau noir de clergyman qui a dû appartenir à notre grand-père. Une brusque rafale vient de l'obliger à rentrer en courant. Dans une minute ou deux, elle viendra me rejoindre. Elle paraît ravie que je sois revenue à la maison et moi, de mon côté, je sais qu'à l'hôpital, si je me sentais tellement solitaire, c'était surtout parce qu'elle me manquait. Oui, elle, et non pas Luke.

PAR le passé — ce passé dont j'ai honte —, me suis-je montrée aussi discourtoise que je le crains envers la pauvre Mme Cyprian? Je n'arrive pas à m'en souvenir, mais personne, en tout cas, n'aurait pu se montrer aussi miséricordieuse et généreuse qu'elle l'a été cette nuit-là, ce matin-là, au cours de ces quelques heures où elle s'est occupée de tout, car Luke venait de mourir en nous laissant, Spinny et moi, seules au monde, orphelines dans une maison hantée (je dois, je *veux* m'arrêter d'écrire comme ça, mais je garde quand même cette phrase pour qu'elle me serve d'avertissement). Pauvre Mme Cyprian! Imaginez un peu qu'on vous réveille et qu'on vous tire du lit à trois heures du matin pour ouvrir votre porte à deux adolescentes épouvantées dont l'une a les mains pleines de sang! Mme Cyprian a enfilé son manteau, elle est venue avec nous et elle a tout vu. Ce qui veut dire qu'elle m'a vue, *moi* aussi, qu'elle a fait venir une ambulance pour m'emmener, *moi,* à l'hôpital. Car, tout de suite après avoir franchi le seuil de notre maison, je me suis écroulée et je suis restée par terre, sans connaissance.

Maintenant, il me semble que la nature a usé de ce moyen pour me sauver. Sans cette syncope, cette perte de conscience suivie d'une longue phase de semi-conscience, je me serais probablement trompée sur les causes de la mort de Luke. Puisqu'à certains moments je me croyais responsable de la chute de Mary Leonard du haut de la façade de la cathédrale, mon état mental m'aurait sans doute amenée à penser que j'étais également pour quelque chose dans la mort de mon père. Mais je n'ai pas eu à supporter cette épreuve. Et, en fait, la mort de Luke était indiscutablement un suicide «commis en état de déséquilibre psychique», puisque c'est ce qu'a déclaré le coroner, d'après Spinny.

Bien entendu, la mort de mon père ne m'a rien rapporté, à moins que l'on ne considère comme un profit personnel ce qu'il m'a laissé en héritage. C'est peut-être l'avis de certaines gens. Il nous a légué, outre la maison, une somme assez considérable. Spinny ne recevra sa part qu'à dix-huit ans. En attendant, son bien est administré par Mamie et par notre oncle Sébastian, le frère de Luke. Tous deux voudraient que nous quittions cette maison. Ils ne comprennent pas pourquoi je tiens à y rester. La pauvre Mamie a envie de rentrer dans la sienne et elle serait heureuse que nous venions nous y installer.

«Mais tu peux t'en aller et nous laisser toutes

seules, lui ai-je dit hier. Nous nous débrouillerons très bien puisque Rosemary vient deux fois par semaine. J'ai plus de dix-huit ans et, à mon âge, un tas de filles sont déjà mariées.

— Je ne peux pas te laisser seule avec Spinny, ma chérie. »

Que veut-elle dire ? J'ai parfois l'impression qu'elle me soupçonne, qu'elle se souvient de ce que j'étais, de la façon dont je me comportais, et qu'elle craint qu'on ne puisse pas me faire confiance. Me croirait-elle capable de laisser Spinny mourir de faim ? Ou a-t-elle peur, d'une manière générale, de mon manque de maturité et de sens des responsabilités ?

« Je t'assure que nous nous en tirerons. Spinny fait très bien la cuisine, tu sais. Figure-toi que Luke ne voulait pas qu'elle suive les cours d'enseignement ménager et que maintenant qu'il est... Eh bien, c'est là qu'elle réussit le mieux ! L'autre jour, quand Sheila a pris sa soirée, c'est elle qui a préparé le dîner. »

Mamie m'a regardée avec beaucoup de tendresse.

« Je sais, ma chérie. Et ça me réjouit le cœur de voir que tu as de l'appétit. Tu ne peux pas savoir le souci que je me suis fait quand tu étais anorexique. »

Cette fois, je suis contente de moi : j'ai résisté à l'envie de relever que le mot juste devrait être « anorectique », du grec « anorectos ». Je fais des progrès.

PENDANT ma maladie, on m'a coupé les cheveux. On les coupe toujours, je crois, aux malades grabataires, et plus particulièrement à ceux qui sont dans le coma. N'est-il pas bizarre que Samson ait perdu sa force quand on lui a coupé les cheveux et qu'on pense actuellement, au contraire, que les cheveux longs épuisent les malades? Maintenant, je porte les cheveux très courts, avec une frange, et je me fais parfois les yeux.

« Tu es mûre pour sortir avec des garçons », m'a déclaré aujourd'hui Spinny.

Elle n'a peut-être pas tout à fait tort. À vrai dire, j'aimerais ça et, si je m'en abstiens, c'est parce que je ne connais aucun garçon susceptible de m'inviter. Excepté l'étudiant qui a souri en me disant « Salut! ». La nuit dernière, j'ai rêvé de lui. J'ai rêvé que nous roulions tous les deux à bicyclette, que nous parcourions la campagne côte à côte et que j'éprouvais l'espèce d'exaltation qu'on ressent quand le bleu de l'horizon semble chargé de mystère et qu'on se demande ce qu'il peut y avoir au-delà des collines.

IL y a trois jours que je n'ai rien écrit dans ce journal, parce que je suis sortie sans arrêt et que j'ai fait un tas de choses. Mamie m'a emmenée à Londres pour que j'achète des vêtements. Après avoir déjeuné avec l'oncle Sébastian dans un restaurant proche de son bureau, nous sommes allées à une matinée théâtrale et c'est pourquoi nous sommes revenues assez tard à la maison — tard pour moi, du moins, car j'ai l'habitude d'être au lit à neuf heures. Le lendemain matin, j'aurais dû me reposer, mais je ne me sentais pas fatiguée et j'ai fait ce que je projetais depuis des semaines et des mois. Pour la première fois depuis la mort de Luke, je suis retournée dans son cabinet de travail, je me suis assise à son bureau, j'ai regardé ses papiers, ses manuscrits et ses livres, et j'ai fini par ouvrir les tiroirs. Quelque chose m'a fait sursauter et m'a donné tout d'abord l'impression d'être déloyale. Puis je me suis dit : pourquoi pas ? Pourquoi ne pas accepter ce sentiment de déloyauté ? Après tout, j'en ai l'habitude. Ce qui me frappait dans cette pièce où rien n'avait été touché depuis le drame et où n'avaient pénétré que l'homme de loi et l'expert, c'était la méticulosité obsessionnelle de Luke, l'ordre minutieux, presque glacé, qui y régnait. Mais le moment n'est pas encore venu pour moi d'en écrire davantage à ce sujet.

Le seul tiroir que je n'avais pas le courage d'ouvrir, c'est celui où Luke avait rangé la lettre qui annonçait son suicide et, pourtant, je savais qu'elle n'y était plus. Je me contentais de toucher à la poignée, puis de retirer ma main. Dans le tiroir du dessous se trouvaient nos bulletins scolaires, depuis le début de nos études, y compris les deux derniers, arrivés à la fin du second trimestre de l'année passée.

Je me suis efforcée de ne plus y penser. Après tout, ils avaient près d'un an. J'ai refermé le tiroir et j'ai regardé les livres, tous classés et répertoriés selon le système particulier que Luke avait mis au point. Je suis restée un moment les yeux fermés, à presser contre ma joue l'*Apologia* de Newman. Mais il m'a fallu, finalement, rouvrir le tiroir pour relire les bulletins. Les qualificatifs dont on nous gratifiait m'ont fait frémir : « insensible », « paresseuse », « égocentrique » (moi) ; « retardée », « incapable de concentration » (Spinny).

MA sœur a souffert bien plus que je ne le pensais de la mort de notre mère. Nous aurions dû, Luke et moi, chercher à la consoler, mais nous ne l'avons pas fait. Nous préférions la compagnie l'un de l'autre. Mais ne suis-je pas encore en train de me leurrer sur ce point? Luke a-t-il jamais vu en moi plus qu'une élève, une élève exceptionnellement soumise et docile? D'autre part, il a cru bien faire en refusant d'envoyer Spinny en pension quand elle le lui a demandé et je suis sûre qu'elle l'a compris — au fond de son cœur. Pourtant, je suis heureuse qu'elle ait Tom comme ami, quoiqu'ils se conduisent tous deux comme de vrais gosses. Leur occupation préférée, c'est de regarder la télévision dans la chambre de Mamie, le samedi matin, à cause du programme ininterrompu de dessins animés. Et ils se paient ces confiseries qu'on appelle des Kinders, des œufs en chocolat garnis de petits jouets et destinés en principe aux moins de sept ans.

Ce qui est incongru, c'est que Spinny est loin de ressembler à une petite fille. Comme elle est grande et forte, elle paraît plus vieille que moi, tout le monde le dit. Elle est trop lourde pour sa taille (à force de manger des Kinders), elle a les hanches larges et la poitrine d'une femme de quarante ans. Elle a aussi un teint de pêche, une ombre de duvet sur la lèvre supérieure et de beaux cheveux bruns, luxuriants et chatoyants. Ses traits sont à peu près les mêmes que les miens, mais nous ne nous ressemblons guère par ailleurs. Quand on ne la connaît pas, on peut la croire paisible, heureuse, assez contente d'elle-même, indifférente aux autres et sans imagination. On se dit même qu'elle doit dormir comme une marmotte. Nous sommes les seules à savoir, Mamie et moi, qu'il n'en est rien. Je suis bien sûre, en tout cas, que Tom n'a pas la moindre idée de ses nuits cauchemardesques et de ses hurlements.

Le chat des Cyprian est mort. Il n'a pas été écrasé par une voiture, il est mort de vieillesse, semble-t-il. Ils ont retrouvé son corps, raide et froid, au fond de leur penderie. Ça n'empêche pas Spinny de voir toujours un chat dans sa chambre presque toutes les nuits. D'après elle, il ne se présente généralement pas de face, comme le ferait un chat qui s'installe sur un coussin pour se lécher les moustaches. À vrai dire, elle aperçoit seulement de biais, à la limite de son champ visuel, une forme féline qui file furtivement vers l'extrémité de sa rétine... Mais, à d'autres occasions, bien trop nombreuses, le chat s'installe devant elle, s'assied sur son lit ou

118

même sur *elle* et, quand ses yeux jaunes d'animal se mettent à la regarder fixement dans ses yeux bruns écarquillés d'épouvante, elle nous appelle en hurlant.

Mamie et moi, nous avons beau accourir aussitôt, nous ne voyons jamais rien, bien entendu. Et, à ce moment-là, elle ne voit plus rien non plus. Mais elle dit que ça continue à sentir le chat, même quand il n'est pas là. Moi, tout ce que je sens, c'est une odeur de sueur sur le corps de Spinny, l'odeur de sa peur.

« Si nous le retrouvions, m'a-t-elle dit avant-hier soir, nous pourrions le déterrer et le jeter aux ordures. »

Quand nous sommes sorties de sa chambre, Mamie m'a demandé, après avoir refermé la porte, ce que ça signifiait.

« Peut-être devrions-nous déménager...

— On ne peut pas échapper à une hallucination, m'a rétorqué Mamie. Ce qu'elle voit n'existe que dans sa tête. »

J'ai fait allusion au docteur Trewynne.

« Le docteur Trewynne ? a dit Mamie. Je me demande parfois si les difficultés de Spinny ne viennent pas en partie des drogues dont il la bourre depuis des années. »

J'ADORE notre maison et je ne veux pas la quitter en dépit de toutes les abominations qui s'y sont produites. J'adore notre ruelle pavée de cœurs de pierre, les murs de notre jardin couverts de rosiers grimpants et la façade de notre cathédrale, gigantesque tableau en relief où il y a toujours quelque chose à découvrir, quelque chose à admirer. Pendant les derniers mois de sa vie, le pauvre Luke ne pouvait plus en supporter la vue. Dans la journée, il allumait l'électricité et laissait fermés les rideaux de son cabinet de travail. Un jour où je lui avais fait un bouquet de dahlias écarlates, il les a jetés en disant que leur couleur évoquait pour lui la vision de Mary Leonard dans sa robe rouge, gisant sur les cœurs de pierre.

Aujourd'hui, j'ai attendu que Spinny soit partie au collège pour retourner dans le cabinet de travail. Je m'y suis assise et j'ai fermé les yeux, les mains bien à plat sur la table de chêne, sur le bois rugueux et froid. Au bout d'un moment, je me suis levée pour aller cueillir dans le jardin une poignée de fleurs d'hiver. Je n'ai pas trouvé grand-chose au milieu des plaques de neige à

121

demi fondue : quelques perce-neige et une rose de Noël. De ces tristes fleurs, j'ai fait un bouquet, que j'ai mis dans un vase sur le rebord de la fenêtre, après avoir prélevé une perce-neige pour la poser près de ma main gauche. Ensuite, j'ai retiré du tiroir de Luke les quatre premiers chapitres de *Noogenesis,* les seuls qu'il ait eu le temps de terminer. Et je suis restée à les regarder sans les lire vraiment, car les mots dansaient devant mes yeux, incompréhensibles, inintelligibles.

Il y a un an, si j'avais pu prévoir la mort brutale de Luke, j'aurais fait vœu de terminer son œuvre à tout prix, même s'il m'avait fallu obtenir un diplôme de théologie. Cette fois, j'ai compris que c'était une absurdité. Je ne pourrais jamais y arriver, je ne le souhaite d'ailleurs pas. Et, en faisant cette constatation, au lieu de me trouver déloyale ou coupable, j'ai ressenti une espèce de joie à la pensée de ne pas avoir sacrifié ma jeunesse, toute ma vie peut-être, à des études insensées qui m'auraient coupée du monde. J'ai échappé de justesse à cette destinée, j'ai évité le précipice par miracle et ma longue catharsis m'a rendue à la normalité.

C'est, évidemment, la mort de Luke qui m'a sauvée.

Je suis maintenant en mesure d'écrire quelque chose sur cette mort, de «re-vivre» cette nuit d'été où, de mon côté, je me trouvais au bord de l'anéantissement. On m'a dit que, si j'avais continué à mener plus longtemps cette vie-là, j'aurais d'abord perdu la vue, puis j'aurais eu une défaillance rénale. On m'a dit bien d'autres choses. Il paraît que le duvet doré qui avait envahi mon corps est l'un des symptômes de l'anorexie. Moi, je ne l'avais considéré que comme une espèce de signe de surhumanité, analogue aux stigmates des saints.

Ce soir-là, je m'étais couchée dans l'herbe, sur une couverture, et je regardais à la lumière du crépuscule la fourrure luisante qui couvrait mes bras squelettiques, le creux de mon estomac et ma poitrine totalement plate.

Le ciel, qui avait viré au bleu saphir, était bordé à l'horizon par la ligne rougeoyante du couchant. Le philadelphus blanc que Mamie appelle «fleur d'oranger» répandait une odeur lourde et douceâtre qui dominait le parfum plus léger, plus fin, de nos roses rouges. Je restais couchée là, les yeux levés vers la fenêtre fermée de Luke. Je croyais qu'il allait éteindre sa lampe et venir ouvrir la croisée. Je m'étais imaginée qu'à ce moment-là nous ne nous dirions pas un mot, mais que nous échangerions un long regard de reconnaissance, que nos yeux se rencontreraient une dernière fois dans la tendresse et l'adoration et que je pourrais ensuite mourir en paix.

Ah! que j'étais ignorante des moyens qu'emploie la mort et de la façon dont elle nous surprend! Je pensais que mourir d'inanition était une manière indolore et discrète d'en finir. Je n'avais jamais entendu parler de cécité par carence vitaminique, de scorbut, d'anémie, d'œdème généralisé et de collapsus. Edgar Poe ne savait pas grand-chose non plus sur la réalité de la mort. Lui et ses pareils m'ont induite en erreur.

Il est également bizarre que j'aie pu me leurrer à ce point sur les relations que nous entretenions, Luke et moi. Depuis un moment, en effet, il n'y avait plus beaucoup d'intimité entre nous. Nous nous regardions en chiens de faïence, nous étions devenus des étrangers, presque hostiles. Sincèrement, j'aurais pu avouer que j'avais pour lui un sentiment plus proche de la haine que de l'amour.

À la nuit tombante, j'ai dû abandonner ma lecture d'Edgar Poe. Je ne quittais pas des yeux la fenêtre de Luke, ce rectangle de lumière, mais j'ai fini par sombrer dans le sommeil. Du moins, c'est ce que j'ai longtemps voulu croire. En fait, j'ai dû lever les bras pour me cacher la figure et me retourner sur le ventre.

C'est Spinny qui m'a réveillée. En ouvrant les yeux, je l'ai vue debout au clair de lune, dressée au-dessus de moi, le visage sans expression et le regard vide, un regard de somnambule. Je ne crois pas lui avoir demandé pourquoi elle était encore levée, ni pourquoi elle était allée à ma recherche, puis à la recherche de Luke quand elle ne m'avait pas trouvée. Peut-être ai-je cru simplement, même à ce moment-là, qu'elle venait encore de voir ou d'entendre un de ses fantômes.

« Il faut absolument que je te montre quelque chose », a-t-elle dit.

Je lui ai demandé de quoi il s'agissait.

« Il y a quelque chose sur la moquette. Ça ne peut pas être le fruit de mon imagination, n'est-ce pas ? J'ai regardé attentivement. J'ai allumé pour regarder encore. Puis j'ai regardé ailleurs et j'ai regardé une nouvelle fois. Je ne peux pas avoir *rêvé*. Et sa lampe est toujours allumée. »

J'avais froid, à cause de l'humidité nocturne, mais aussi parce que j'étais épouvantée.

« J'ai crié son nom, a dit Spinny, mais il ne m'a pas répondu. »

À la fenêtre de Luke, la lumière brillait toujours. Une multitude de papillons de nuit voletaient et heurtaient les vitres éclairées.

J'étais si faible que je ne sais vraiment pas comment j'ai eu la force de marcher jusqu'à la maison, d'y entrer et de monter l'escalier. Je me rappelle qu'à un certain moment je me suis accrochée au bras de Spinny. Dans le couloir où se trouvait la chambre de Luke, juste sous sa porte, là où s'arrêtait la moquette — car, dans cette chambre austère, il n'y a qu'un plancher nu comme dans une cellule de moine —, j'ai vu une tache rouge qui avait imprégné les fibres du bois clair. Nous nous sommes regardées, Spinny et moi. Son visage ressemblait à de la pierre, ou plus exactement à du marbre, un marbre absolument blanc.

Elle m'a dit :

« Tu es pâle comme un fantôme. »

Puis elle a ouvert la porte. Sept mois après, rien que d'écrire ces lignes, j'ai l'impression que ça me tue. Il y avait tant de sang... C'était une vraie rivière de sang, pas encore complètement figée, qui avait coulé du lit, le long du plancher, jusqu'à la porte, comme pour nous avertir de ce qui gisait à l'intérieur. Il était allongé sur le dos, tout habillé, mais sa chemise avait le col ouvert et les manches relevées. Il était plus pâle encore qu'aucune de nous deux, d'une pâleur cireuse, exsangue, car tout le sang avait fui de ses artères par les entrailles de ses poignets.

Le rasoir à lame tranchante et à manche de nacre, qui avait appartenu à notre grand-père et dont personne ne s'était servi depuis des années, était dans son étui, posé sur l'oreiller, à côté de sa tête. Sur le second oreiller, un morceau de pierre, rapporté des ruines du Parthénon par l'un de nos ancêtres avant que fût interdit ce genre de larcins, servait de presse-papiers à la lettre qu'il avait écrite à mon intention. Il me l'avait donc bien destinée. Il n'avait pas changé d'idée. Il avait vraiment pris la résolution d'en finir.

MAINTENANT, j'écris avec un certain détachement. Mais, cette nuit-là, j'étais loin d'être impassible. À sa vue, nous nous sommes mises à hurler toutes les deux. Pourquoi l'ai-je alors touché? Je n'en sais rien. Peut-être dans l'espoir de sentir encore un peu de vie en lui, un peu de chaleur sur son corps. Mais l'aspect de mes mains rouges de sang a déclenché chez Spinny de nouveaux hurlements, encore plus violents. Elle s'est élancée vers la fenêtre, l'a secouée, est parvenue à l'ouvrir et s'est mise à hurler dans la nuit. Personne ne l'a entendue, personne n'est venu. Nous avons descendu l'escalier en trébuchant et, après être sorties de la maison, nous avons couru au hasard, à la recherche d'un secours quelconque. Nous nous sommes retrouvées finalement devant la porte de Mme Cyprian. Au milieu de nos sanglots et de nos gémissements, nous avons agité le heurtoir et pressé la sonnette. Puis, à genoux sur la marche de pierre, nous avons crié à l'aide par la fente de la boîte aux lettres.

VOILÀ ce qu'a été la mort de Luke, voilà ce qui est arrivé. Presque aussitôt, j'ai perdu connaissance et je suis tombée très malade. On m'a emmenée à l'hôpital, mais je ne m'en suis pas rendu compte. Je ne me souviens de rien de ce qui a pu se passer durant des semaines et des semaines. Et, un matin, j'ai rouvert les yeux pour découvrir que mes cheveux n'étaient plus là et que le duvet qui couvrait mon corps avait disparu, lui aussi. Mamie était à mon chevet et elle se préparait à me dire que, malheureusement, je n'avais pas rêvé. Elle m'a rendu les cheveux qu'on m'avait coupés, deux nattes dorées attachées avec des élastiques et conservées dans un sac en plastique.

Peu à peu, avec de grandes précautions, au cours des semaines qui ont suivi, elle m'a parlé de la mort de Luke, de l'enquête judiciaire qui avait conclu au suicide. Luke s'était drogué avant de se tuer. Il avait avalé des barbituriques avec sa tisane du soir. Je crois que c'était moins dur pour Mamie, comme pour moi, de savoir qu'il n'était plus qu'à demi conscient, au bord de la léthargie, quand il s'était servi du rasoir...

En rentrant de l'hôpital, la maison m'a donné une impression d'irréalité. Elle avait toujours le même aspect, mais elle avait perdu sa vie et peut-être même son âme. Deux jours plus tard, Mamie m'a confié la clé du cabinet de travail ainsi que la lettre que Luke avait écrite pour moi et que l'officier de police lui avait restituée à la fin de l'enquête. Mais, pendant longtemps, je n'ai pas eu la force d'entrer dans la pièce, de me servir de la clé, de briser les sceaux invisibles qui en interdisaient l'accès. Hier, à ma seconde visite, j'ai remarqué l'épaisse couche de poussière qui s'est déposée partout. Il y a quelque chose d'étrangement sinistre dans une pièce qui est à la fois poussiéreuse et en ordre. On pense à ce que devait être, aux yeux des premiers archéologues, un mausolée de monarque antique.

Je crois qu'on peut maintenant autoriser Rosemary à entrer dans cette pièce pour la nettoyer et l'aérer. Il me semble assez malsain de conserver en l'état ce monument funéraire. C'est ce que j'ai dit à Spinny quand elle est revenue du collège, qu'elle s'est approchée sur la pointe des pieds et qu'elle est restée sur le seuil, silencieuse et terrorisée.

J'ai songé que nous pourrions faire des changements. Pour la chambre de Luke, il vaut mieux envisager de ne plus s'en servir. Quant au cabinet de travail, s'il était un peu moins bien rangé et que je l'organise autrement, je pourrais le garder pour moi. J'ai offert à Spinny, sans arrière-pensée, de s'installer dans deux pièces du premier étage, la meilleure de nos chambres d'invités et le cabinet de toilette attenant. Je dis bien « offert » et non « suggéré », car c'est encore à moi d'offrir ou de conserver pour mon usage personnel les pièces de la maison, puisqu'elle n'aura dix-huit ans que dans trois ans. Mais je suis bien décidée à ne pas abuser de mon pouvoir, ni même à le lui faire sentir. Je lui en ai parlé gentiment.

Sa réaction m'a surprise.

« Personne n'a jamais vu de fantômes dans cette chambre-là, n'est-ce pas ? »

Je lui ai dit qu'à ma connaissance personne n'en avait jamais vu.

« Mais, depuis des années, ai-je ajouté, personne n'a habité cette chambre, excepté l'oncle Sébastian. »

Elle m'a regardée.

« Et Mary Léonard ? s'est-elle écriée avec une note d'incrédulité dans la voix. Aurais-tu oublié Mary Leonard ? »

C'est vrai, je l'avais déjà oubliée. M'avait-elle laissé si peu d'impression, ou bien s'agissait-il de ce qu'on appelle un «blocage»? Spinny s'est approchée et m'a mis les bras autour du cou. Elle le fait de temps en temps, avec beaucoup de douceur et de chaleur. Je regrette d'être incapable de répondre à son affection, de ne pas aimer davantage les contacts physiques.

«Tu ne vas pas m'espionner par le trou du plancher? a-t-elle demandé avec un rire.

— M'en crois-tu capable?

— Je ne sais pas. Avec toi, je ne suis sûre de rien.»

Elle souriait et ses yeux brillaient. On n'aurait jamais cru qu'elle avait des cauchemars toutes les nuits.

«Bon, je vais m'installer dans cette chambre, a-t-elle dit. Mais j'aimerais bien mieux que nous déménagions. Tu n'es pas d'accord?»

J'ai dit que j'y réfléchirais. Mais j'aime trop cette maison pour la quitter jamais.

J'ai parlé avec mon étudiant. Nous avons fait connaissance et décidé d'aller au cinéma tous les deux. C'est une espèce de miracle. Je peux à peine y croire. Il s'appelle Daniel, il est en seconde année d'université, il étudie la philosophie et l'économie politique. Je l'ai rencontré chez Carey, un jour où j'attendais Spinny, qui devait venir m'y retrouver à la fin de ses cours.

Ces temps-ci, je mange. Je mange beaucoup. Mais je m'abstiens des sucreries — des massepains, des chocolats et des choux à la crème — dont Spinny raffole. Elle a quand même de la veine de ne pas attraper le moindre bouton avec ce régime et d'avoir au contraire le teint toujours clair et la peau resplendissante. Chez Carey, la vitrine est pleine de gâteaux sublimes et sûrement délectables. À l'intérieur, il y a un coin qui fait salon de thé, où l'on peut s'installer pour « s'empiffrer », comme dit Spinny. Je l'attendais depuis dix minutes et la pâtisserie commençait à se remplir d'étudiants. Maintenant, je me rends compte que j'espérais y rencontrer Daniel, mais je ne me le serais jamais avoué à cet instant-là.

Spinny était en retard, comme à son habitude. Au bout d'un moment, je me suis levée et j'ai laissé mon manteau sur la chaise voisine de la mienne pour aller me chercher un express et un biscuit au comptoir. En revenant vers ma table, j'ai vu que Daniel s'était installé sur l'autre chaise et qu'il enlevait sa longue écharpe rayée d'étudiant. Il la porte en toutes circonstances, même quand le printemps est aussi doux qu'il l'était ce jour-là. Bien entendu, j'ignorais encore son nom et je n'ai pas très bien su quoi dire.

Mais il a parlé à ma place. Il s'est levé d'un bond pour s'excuser. Il avait cru que la chaise était libre. Je lui ai dit que j'attendais ma sœur, mais que, de toute façon, il y avait trois chaises. Puis je me suis enhardie et je lui ai rappelé que nous nous étions déjà rencontrés, devant le portail de St Leofric.

«Ah! bien sûr, c'*était* vous! J'essayais de me rappeler où je vous avais déjà vue et j'ai failli croire que c'était en rêve. Je vois toujours des filles ravissantes dans mes rêves, mais c'est plutôt rare de les retrouver dans la réalité.»

C'était un bon début.

Nous nous sommes dit nos noms. Il m'a appris qu'il était en seconde année à St Leofric et je lui ai annoncé que c'était là que j'irais, moi aussi, en octobre. Quand il a su que j'avais perdu mes parents, il m'a dit qu'il était orphelin, comme moi, que les siens étaient morts dans un accident d'auto. Il m'a dit aussi que tout un chacun le connaissait de réputation à cause de son écharpe, qui a trois mètres de long et dont il ne se sépare jamais. Ce qui m'a fait plaisir, c'est qu'il se souvenait de Luke : il avait assisté à l'un de ses cours et il trouvait que je lui ressemblais. Ensuite, il m'a déclaré qu'il aimait ma façon de parler, démodée et précise, qui n'existait plus, selon lui, que dans les livres.

Spinny a fini par arriver en compagnie de Tom. J'ai trouvé drôle que nous puissions être là tous les quatre, à parler et à boire du café. Pour la première fois de ma vie ou presque, j'ai eu l'impression d'être une adolescente, d'être comme tout le monde, de faire ce que font les autres filles. Ça devait se voir sur ma figure, car ma sœur, tout en mangeant son éclair au chocolat, m'a regardée et m'a souri.

APRÈS ça, malheureusement, elle m'a encore réveillée deux nuits d'affilée avec ses cris. Changer de chambre ne semble pas lui avoir servi à grand-chose. Quand je me suis précipitée chez elle, toutes les lumières brillaient. J'ai vu qu'elle avait mis à la suspension une ampoule de forte puissance. En plus de sa lampe de chevet, elle a deux lampes de table. L'une d'elles vient sans doute de la chambre de Luke et l'autre du rez-de-chaussée. Elle était debout près de son lit et elle tremblait.

« Margot-la-Blême est entrée et elle a prononcé mon nom. Elle a dit : Despina, Despina.

— *Qui* est entré ?

— La sorcière. Celle dont le chat a été enseveli dans le mur. Tu ne te rappelles pas ? »

Je me le rappelais, évidemment. Je me rappelais l'histoire que Luke nous avait racontée. Spinny s'est accrochée à moi et je me suis fait violence pour ne pas lui montrer l'écœurement que me causait l'odeur douceâtre qui émanait d'elle, un mélange d'acétone et de sucre caramélisé.

La nuit suivante, c'est le chat lui-même qui est venu. Elle dit qu'il s'est assis sur elle et qu'il l'a réveillée en lui effleurant la figure avec sa patte. Comme elle avait gardé une lampe allumée, elle l'a très bien vu : couvert de poussière, de petits gravats et de toiles d'araignées, il sortait apparemment d'un mur.

UNE semaine s'est écoulée et tout a changé — en mieux et en pire. Daniel et moi, nous nous sommes vus trois fois et ça s'est bien passé. Impossible de rapporter nos conversations car nous avons parlé, parlé, du monde entier. Il y a vraiment de l'amitié entre nous... et même un peu plus que de l'amitié.

Autre bonne nouvelle : Mamie a rencontré un homme qui lui a demandé si notre maison n'était pas à vendre. Un agent immobilier lui avait dit qu'elle valait une fortune, mais il était prêt à la payer un prix fou. Bien entendu, j'ai refusé d'envisager de vendre. C'est tout de même agréable de savoir que la maison qu'on habite a tant de valeur. Après ça, les choses se sont rapidement gâtées.

L'oncle Sébastian est malade. Il est entré à l'hôpital pour se faire opérer d'urgence. Nous le connaissons à peine. Je crois que nous ne l'avons pas vu plus de neuf ou dix fois dans toute notre existence, mais c'est le seul enfant qui reste à Mamie et elle est très angoissée. La sonnerie du téléphone la terrifie et, pourtant, elle l'attend avec une impatience frénétique. Il est aussi arrivé quelque chose de bizarre. Au rez-de-chaussée de la maison, des trous ne cessent d'apparaître dans les murs. Ils ressemblent à ceux que ferait un électricien pour installer des prises de courant. Ce sont des trous d'une trentaine de centimètres carrés, mais ils sont irréguliers et laissent voir, par-dessous, les lattes de la cloison et le plâtre qui s'effrite. Par endroits, on dirait que les lattes elles-mêmes ont été coupées ou enfoncées à coups de marteau et l'on se trouve devant des crevasses béantes, noires et vides, ou bien remplies d'un amalgame de papier déchiré, de copeaux de bois et, inévitablement, de toiles d'araignées. Je me demande s'il ne s'agirait pas d'une espèce particulière de pourriture sèche qui attaque sournoisement les murs des maisons trop anciennes, un peu comme ce qu'on appelle la fatigue des métaux dans les avions. Avant-hier soir, j'avais compté cinq trous, deux dans le salon, un dans l'entrée, un dans le couloir et un dans la salle à manger. Alors, je suis allée ouvrir la porte du bureau de Luke, dont moi seule ai la clé, mais il n'y avait pas de trous dans cette pièce-là. Malheureusement, le lendemain matin, j'en ai repéré un autre dans un coin du salon, à droite de la cheminée. J'ai aussitôt téléphoné au maçon qui a l'habitude de nous faire quelques petits travaux. Il m'a promis de venir aussi vite qu'il le pourrait, sans préciser de date.

144

Mamie est trop anxieuse en ce moment pour s'en soucier. Elle ne cesse de marcher de long en large en regardant d'abord sa montre, puis le téléphone, et en gardant la main sur sa bouche, comme pour s'empêcher de crier. Hier, à l'heure du goûter, elle était si préoccupée qu'elle a négligé, pour une fois, de mettre un terme à la boulimie de Spinny et cette petite gloutonne a pu dévorer presque tout le cake avant que Mamie ne songe à tendre une main languissante pour lui retirer le plat.

HIER, c'était jeudi. Le soir, Daniel m'a emmenée dans une discothèque. J'avais très peur. Je pensais que j'allais détester ça, que c'était à l'opposé de tout ce que j'aimais, de tout ce que j'admirais et que je voulais entreprendre dans la vie. Le plus drôle, c'est que j'ai *adoré* ça. C'est ahurissant, mais j'aurais voulu rester toute la nuit à danser. J'ai finalement demandé à Daniel de me raccompagner, car je ne voulais pas que Mamie se fasse du souci pour moi. Elle a assez de sujets d'inquiétude pour le moment.

Quand il m'a raccompagnée à la maison, je l'ai invité à entrer pour lui montrer les trous de nos murs. Il y en avait deux de plus dans le vestibule. Ils n'existaient pas au moment où je suis sortie. D'après Daniel, il ne s'agit pas de pourriture sèche, mais de dégâts provoqués par un animal. Je ne sais trop pourquoi, ça m'a fait penser au chat. Pourtant, les chats ne creusent jamais de trous, n'est-ce pas?

DANIEL doit aller passer le week-end dans sa famille. Nous sommes donc convenus de nous retrouver lundi. Tu vas vraiment me manquer, m'a-t-il dit. Et ça m'a rendue heureuse. Je lui ai fait de grands signes et je l'ai regardé s'éloigner au clair de lune dans la ruelle. Son ombre s'allongeait démesurément sur les cœurs de pierre et les deux pans de son écharpe s'agitaient comme des ailes derrière lui. Je veux qu'il m'aime. Je tiens à être *quelqu'un de bien*. Mais dès qu'il n'est plus avec moi, dès qu'il me quitte, le passé resurgit et je me demande toujours si je n'ai pas tué Luke et Mary Leonard.

C'est peut-être moi qui l'ai fait... Pourtant, j'espère de tout mon cœur que je ne suis pas coupable. Il est vrai que je ne me souviens de rien, mais il y a deux arguments en faveur de mon innocence et ça me rassure. Premièrement, je n'ai jamais possédé le moindre canif et je n'en ai jamais eu un sur moi. Deuxièmement, quand Luke est décédé, j'étais moi-même à l'article de la mort. Je n'aurais pas eu la force de taillader des poignets d'homme et d'en couper les artères.

La fatigue est tombée sur moi comme une chape de plomb. Il y a seulement quelques semaines, j'étais encore à l'hôpital, à peine capable de sortir de mon lit. La difficulté que j'aie eue à monter l'escalier m'a rappelé l'état dans lequel je me trouvais la nuit où Luke est mort, quand je me suis traînée jusque là-haut, accrochée au bras de Spinny. En arrivant dans ma chambre, j'ai retiré de ma bibliothèque un des gros dictionnaires et j'ai constaté que le bocal au cyanure était toujours là. Pourquoi donc l'ai-je gardé si longtemps? Je crois — j'en suis même sûre — que c'est surtout parce que je ne sais pas comment m'en débarrasser. Mais il va falloir, évidemment, que je le jette dès que l'occasion se présentera.

En dépit de mon épuisement, j'ai mal dormi. Je ne pense pas avoir fermé l'œil avant cinq heures du matin. Quand je me suis réveillée, il faisait encore sombre, à cause de l'épais brouillard qui collait aux vitres. Le temps ne s'est éclairci qu'à la fin de la matinée. Maintenant, le soleil brille et le ciel est bleu. Mamie est toute contente parce qu'elle a téléphoné à l'hôpital,

que l'oncle Sébastian va mieux et qu'il a passé
une bonne nuit. Elle a l'intention de faire un
saut à Londres pour aller le voir. Elle pourrait
partir demain et revenir dimanche soir, mais
elle dit que ça l'ennuie de me laisser seule. Je lui
ai fait remarquer que Spinny et moi, nous ne
risquions rien, je l'ai rassurée du mieux que j'ai
pu et je crois qu'elle a finalement décidé de
partir car elle s'est précipitée dans la cuisine en
disant qu'elle allait faire cuire un poulet et
confectionner un gâteau pour notre déjeuner de
demain.

Je vais essayer de dormir un moment.

Il est arrivé quelque chose d'incompréhensible : le cyanure a disparu. J'ai sorti tous les dictionnaires pour m'en assurer, mais il n'y a aucun doute : plus de bocal. Peut-être est-ce Rosemary qui l'a pris hier pour le jeter. Elle a dû faire le ménage de ma chambre, puisque mes dictionnaires n'ont plus de poussière. Ce ne serait pas la première fois qu'elle prendrait ce genre d'initiative. En tout cas, elle l'a fait au moins une fois. Elle n'avait pas alors jeté de cyanure, bien sûr, mais un bocal plein de grosses pastilles de menthe qu'elle avait trouvé dans la chambre de Spinny. Lundi, quand elle reviendra, je vais être obligée de lui demander des comptes. Il ne faut pas prendre de risques, car le cyanure est un poison mortel, peut-être le poison le plus dangereux qui soit.

Si j'ai commencé par noter cet incident, c'est probablement pour éviter d'affronter une réalité plus noire encore. Je sais que cette histoire de cyanure pourrait finir mal, mais il y a plus inquiétant. C'est pourtant avec angoisse que j'y ai pensé toute la matinée en me demandant comment intervenir et s'il y avait vraiment quelque chose à faire avant lundi. Spinny et Tom sont installés devant la télévision de Mamie. Ils regardent les dessins animés en mangeant des bonbons et en riant. Ce matin, ils avaient allumé l'électricité dans toute la maison, car le brouillard était encore plus épais qu'hier. Quand je suis sortie du lit, la façade de la cathédrale était invisible. On aurait dit qu'un épais rideau avait été tendu devant nos fenêtres. Un peu plus tard, le soleil s'est mis à percer le brouillard et j'ai vu resplendir les saints, les apôtres et les séraphins à travers une brume irréelle. J'avais l'impression qu'ils étaient animés, qu'ils étaient montés vivre au milieu des nuées. Puis, à la fin de la matinée, le brouillard, à nouveau très dense, s'est précipité contre nos fenêtres à meneaux comme pour nous étouffer.

Je n'avais pas pris mon petit déjeuner et c'est à ce moment-là seulement que je suis allée dans la cuisine. Et la première chose que j'aie vue en entrant, c'est un autre grand trou dans le mur, juste au-dessus de la boiserie. Par terre, sur le carrelage, il y avait un petit tas de plâtre en miettes mélangé avec du crin. J'ai été prise d'un brusque désir de quitter la maison, d'aller ail-leurs passer la journée et peut-être même la nuit. Mais où aller dans ce brouillard? Et avec qui? Daniel est parti. Mamie est à Londres. Quand Tom est sorti avec sa bicyclette, Spinny l'a accompagné un moment à pied, elle voulait aller chercher des chips et des hamburgers. J'ai donc déjeuné seule. Je suis entrée ensuite dans le bureau de Luke et je m'y suis installée pour lire Newman, comme il le faisait toujours quand il se sentait malheureux.

Mais j'ai dû m'endormir de fatigue sur mon livre. Sans doute ai-je été imprudente en allant danser l'autre soir. Je ne suis pas encore assez solide pour les soirées en discothèque.

Vers cinq heures, j'ai été réveillée par des coups de marteau et des bruits de raclage. J'ai cru que c'était le maçon et que Spinny l'avait fait entrer sans rien me dire. En tout cas, il n'avait pas besoin de moi. Je suis quand même sortie du bureau, car j'avais envie d'un verre d'eau. Or, ce n'est pas le maçon que j'ai trouvé dans la cuisine, mais ma petite sœur, accroupie, occupée à creuser le mur à l'aide d'un marteau et d'un burin.

Quel curieux spectacle! J'ai tout de suite compris ce qu'elle cherchait. Je ne lui ai demandé aucune explication. Je suis restée un bon moment rêveuse, me contentant de faire des gestes machinaux. J'ai pris un verre d'eau, j'ai mangé une pomme et j'ai ouvert le frigo pour regarder la tourte que Mamie avait préparée. J'ai fini par m'asseoir devant la table et par lire le journal que Spinny avait dû apporter et qu'elle avait laissé là sans l'ouvrir.

Vers sept heures du soir, ou un peu plus tard, nous nous sommes installées toutes les deux et nous avons mangé la tourte. Dehors, il faisait nuit noire, il n'y avait pas une étoile et la lune se cachait au fond d'un brouillard de plusieurs kilomètres d'épaisseur. En ce moment aussi, il fait noir et la maison a retrouvé le silence qui y régnait avant l'arrivée de Mary Leonard avec son électrophone et de Mamie avec sa télévision. Ni l'un ni l'autre ne me manque. En pensant à Spinny, je viens de me rappeler qu'elle avait reçu un canif pour ses étrennes, le Noël d'avant la mort de Mère. Je me suis souvenue aussi qu'elle ne se trouvait pas loin de moi sur l'échafaudage et que j'avais également mise au courant de la fameuse lettre que Luke avait écrite à mon intention. Je l'observais pendant que nous dînions. Existe-t-il une maladie qui soit le contraire de l'anorexie ? Si ça existe, c'est celle dont souffre Spinny. Ce soir, j'ai remarqué l'extraordinaire quantité de nourriture qu'elle a absorbée : les trois quarts d'une tourte au veau et au jambon, prévue pour six personnes, la moitié d'un pain de campagne dont elle a beurré abondamment les tranches et un bon kilo de glace à la framboise.

Elle éclate dans ses vêtements. Quand elle m'a tourné le dos pour attraper son sac de pâtes de guimauve, j'ai vu que la petite étiquette cousue au col de son corsage s'était relevée et j'ai lu ce qui y était marqué : 46. Et ce sera bientôt trop petit pour elle. Elle a les cheveux aussi longs que l'étaient les miens, mais ils sont châtain foncé, tout bouclés et en broussaille. Sa figure ronde à triple menton resplendit comme un petit soleil et ses joues sont aussi rouges que la glace qu'elle vient d'avaler.

Elle va m'apporter une tasse de café. Après
dîner, je me suis installée dans le bureau de
Luke pour noter rapidement tout ça. Je ne sais
pas pourquoi. Spinny vient d'entrer et de ressor-
tir, mais elle n'est pas venue pour la tasse de
café. Elle tenait à me montrer quelque chose qui
n'a fait qu'accroître mon appréhension. Il s'agissait d'une ossature d'aile d'oiseau : elle était bien
reconnaissable, car une pauvre plume, couverte
de poussière de plâtre, y était restée attachée.

« Elvira, crois-tu que ça puisse être les os du
chat ? » m'a-t-elle demandé, d'une petite voix
rêveuse qui semblait bien étonnante dans la
bouche de cette grosse fille aux lèvres pleines.

— Non, je ne crois pas, ma chérie, lui ai-je
répondu.

— Il faut que je retrouve ces os et que je les
fasse disparaître. Mais évidemment, quand je
serai partie d'ici, ça n'aura plus d'importance. »

Qu'a-t-elle voulu dire ? Je parie qu'elle le sait à peine. Mais, moi, je le sais. Je crois que je sais tout. Je suis pleine de compassion et d'horreur. Lundi, il va se passer bien des choses. D'ici là, il faut survivre à la nuit qui vient et à cette journée de dimanche. Demain soir, Mamie sera de retour. Lundi, je demanderai à Rosemary ce qu'est devenu le bocal de cyanure. Je convaincrai le docteur Trewynne d'envoyer Spinny chez un psychiatre. Je verrai Daniel. Je n'ai plus bien longtemps à attendre, vingt-quatre heures seulement. Et, d'ici là, je serai gentille avec elle, vraiment gentille. Je ferai tout ce qu'elle voudra. Je l'entends qui vient. Elle m'apporte la tasse de café. Pour ne pas la contrarier, pour la mettre en confiance, je la boirai jusqu'à la dernière goutte.

Nous allons passer la soirée ensemble. Je n'écrirai rien de plus...

Le Livre de Poche

Au catalogue du Livre de Poche policier, des œuvres de :

Bachellerie, Borniche, Agatha Christie, Jean-François Coatmeur, Peter Dickinson, Conan Doyle, Exbrayat, David Goodis, William Irish, P.D. James, Maurice Leblanc, Alexis Lecaye, Elmore Leonard, Gaston Leroux, Peter Lovesey, Gregory Mcdonald, McGivern, Ruth Rendell, René Réouven, Francis Ryck, Pierre Siniac, Stanislas-André Steeman, Jim Thompson, June Thomson, Andrew Vachss, Roy Vickers...

et la série « **Alfred Hitchcock présente** ».

Composition réalisée par COMPOFAC - PARIS

IMPRIMÉ EN FRANCE PAR BRODARD ET TAUPIN
Usine de La Flèche (Sarthe).
LIBRAIRIE GÉNÉRALE FRANÇAISE - 6, rue Pierre-Sarrazin - 75006 Paris.

ISBN : 2 - 253 - 05003 - 2 ✦ 30/6645/3